ダブリン・ストリートの恋人たち　上

サマンサ・ヤング

金井真弓 訳

ベルベット文庫

ダブリン・ストリートの恋人たち　上

謝辞

読者のみなさんにはいくら感謝しても感謝し切れません。『ダブリン・ストリートの恋人たち』は大人向けの現代ロマンスという、わたしにとってはまったく新しい冒険でしたし、好意的に受け入れられるかどうか、予測できませんでした。『ダブリン・ストリートの恋人たち』が肯定的に評価され、歓迎されていることに面食らうと共に感動しています。この作品が成功したことで、わたしのシリーズ作品には新しいドアがいくつも開かれましたし、わたしはこれまで知らなかった素晴らしい方たちに紹介していただけました。

まずは、ディステル・アンド・ゴドリッチ・リテラリー・マネジメントの並外れたエージェント、ローレン・E・アブラーモに感謝します。あなたは素晴らしいわ、ローレン！　わたし自身と『ダブリン・ストリートの恋人たち』を支えてくれたこと、そしてわたしの人生にこれほど驚異的な新展開をもたらしてくれたことに、いくらお礼を言っても足りないでしょう。

ニュー・アメリカン・ライブラリの編集者、ケリー・ドノヴァンにも感謝します。ケリー、『ダブリン・ストリートの恋人たち』とわたしを信じてくれてありがとう。わたしが創造した世界と登場人物たちを熱心に応援してくださったことはとてもうれしいです。そして、これからどんな仕事をご一緒できるのか、楽しみでなりません。

それから、『ダブリン・ストリートの恋人たち』の自費出版でお世話になった編集者、アシュリー・マコーネルとアリシア・キャノンにも感謝を。あなたたちは最高よ！　骨が折れる仕事を引き受けてくれてありがとう（それに、わたしを笑わせてくれたコメントの数々にもお礼を言うわ）。さらに、クローディア・マッキニー（別名、ファットパピー・アート）にも心からの感謝を捧げます。あなたの才能、わたしに訴えかけてくるアートの創造力は素晴らしいわ。とりわけ、あなたは一緒に仕事をする上で最高に素敵な人でした。

本のブロガーの素晴らしいみなさんにも感謝します。わたしが大人向けの現代ロマンス作品を書くつもりだと発表した時から『ダブリン・ストリートの恋人たち』をおおいに支えてくれただけでなく、作家としてのキャリアの初めからほぼずっと、わたしを支援してくれたのです。ありがとう、シェリー・バンネル、キャスリン・グライムズ、ブログFiktshunのレイチェル、アルバ・ソロルサノ、ダマリス・カルディナーリ、ブログOnce Upon a Twilight《ワンス・アポン・ア・トワイライト》のアナ、ジャネット・ウォレス、ケット・ピーターソン、そしてイェーナ・フリース。あなたたちは信じられないほどの声援や熱意、親切な言葉でいつも驚かせてくれるわ。毎日、みなさんのおかげでにっこりしてしまいます。
仲間の作家たちにも心からの感謝を忘れずに捧げたいと思います。ありがとう、シェリー・クレイン、タミー・ブラックウェル、ミシェル・レイトン、クイン・ロフティス、エイミー・バートル、ジョージア・ケイツ、レイチェル・ヒギンソン、アンジェリン・ケイス。この数カ月、あなたたちの友情がどれほどわたしにとって価値があったか、とても言葉では伝えられません。助けや助言、それに笑いを求めることのできる、こんなに素敵で優しい女性たちがいてくれたのは本当に素晴らしいことでした。類《たぐい》まれなあなたたちを表現する言葉なんて思いつかないわ。
そして読者のみなさんに、声を大にしてありがとうと言います。わたしの作品を読んでみようと思ってくれたこと、励ましてくれたことに。みなさんからのメールや、フェイスブックやツイッター、Goodreadsでのコメントを読ませてもらって、わたしは毎日、にやにやせずにはいられませんでした。みなさんの言葉にどれほど感謝しているか、想像もつかないでしょうね。:)
それから最後に、母と父に心からの感謝を。兄のデイヴィッド、キャロル、親友のアシュリーン（おめでとう、ミセス・ウォーカー！）とケイトとシャニーン、ありがとう。家族みんなと友達みんなの存在に感謝します。『ダブリン・ストリートの恋人たち』で描かれたことの中にはわたし個人に関するものも、みんなに関するものもあります。重要な教訓を学び取るのに一生かかる場合もあるけれど、わたしたちはかなり早く学んだようね。

　深い悲しみや喪失ほど恐ろしいものはないでしょう。それを恐れていると、未来が不安になったり、心の安らぎがずっと続くのだろうかと疑問に思ったりして、幸せを感じられなくなってしまいます。でも、喪失を恐れるべきではありません。そこから叡智《えいち》が生まれるのですから。明日が来ないかもしれないと恐れてはいけない、時間は瞬く間に過ぎ去るのだから、精一杯生きなくてはならないということをわたしたちは喪失から学ぶべきなのです。そして、愛する人を大切にすべきだということ、後悔しない行動を取ろうということも、喪失から学ばねばなりません。素晴らしいことが待っていると思いながら明日に声援を送ることも。

　力や勇気があまり助けにならない場合もあります。もっとも勇敢な行動とは、現状を受け入れ、幸運をもたらすものに前向きでいることだという場合もあるでしょう。人生を恐れるのはごく当然だし、無理もないことです。本当に難しいのは、悪い状況にあっても良いことを考えて自衛し、日々の戦いに臨む戦士のように、明日へと足を踏み出すことなのです。

　わたしの家族と友人たちに言わせてください。あなたたちは最強の戦士よ。

プロローグ

ヴァージニア州サリー郡

わたしは退屈していた。

カイル・ラムジーがこっちの注意を引こうとして椅子の背もたれを蹴ってるけど、昨日はわたしの親友のドルー・トロラーの椅子を蹴っていたっけ。カイルにぞっこんのドルーをやきもきさせたくない。だから、エヴァンズ先生が黒板に方程式をまた勢い良く書いてる間、隣の席のドルーがノートの隅に小さなハートを描きまくるのを黙って眺めていた。数学が苦手だから、ちゃんと授業に集中しなきゃいけないんだけど。中学三年生の最初の学期で落第点を取ったら、パパもママも喜ばないだろう。

「ラムジーくん、黒板まで出てきてこの問題に答えてくれないかな？　それとも、ジョスリンの後ろに座ったままの方がいいかね？　もっと椅子を蹴飛ばせるように」

クラス中に忍び笑いが広がり、ドルーは非難の眼差しでこちらを見た。わたしは顔をしかめ、エヴァンズ先生にきつい視線を投げた。

「かまわなければ、ここにいたいです、エヴァンズ先生」カイルはぬけぬけと答えた。わたしは目をくるりと回し、振り返るまいとしたけれど、うなじのあたりにカイルの熱い視線を感じた。

「実際には、きみに選ぶ権利などないんだよ、カイル。さあ、立ってこちらへ来たまえ」その時ドアにノックがあり、呻《うめ》き声をあげて渋々従おうとしていたカイルの動きが止まった。校長のショー先生が現れると、教室中がしーんと静まり返った。どうして校長先生がここに来たのだろう？　何か問題が起こったとしか考えられない。

「うわ」囁《ささや》くように言ったドルーを、わたしは眉を寄せながら見やった。ドルーは入り口の方へ顎をしゃくった。「警官よ」

驚いて向き直ると、ショー先生がエヴァンズ先生に何か耳打ちしていて、そう、確かにドアの隙間から、廊下で待っている二人の警官が見えた。

「ミス・バトラー」ショー先生の声を耳にし、はっとして視線を戻した。ショー先生がこちらへ一歩進むと、心臓が喉元までせり上がった。先生は警戒するような、同情のこもった眼差しをしている。何を告げられるのかわからないけど、すぐさま逃げ出したくなった。「一緒に来てちょうだい。荷物を持って」

いつもならこんな時、わたしが一体何をやらかしたのかと、「うわあ」とか「えー」とかいう声があがってクラス中が大騒ぎになるところだ。でも、わたしと同じように、

みんなも尋常でない空気を感じ取っていたのだろう。廊下でどんな知らせが告げられるにしても、からかっていいことじゃなさそうだと。

「ミス・バトラー？」

アドレナリンが急に放出されて体が震え、血がどくどくと流れる音が耳に響いてほとんど何も聞こえなかった。ママに何かあったの？　それともパパに？　もしかして、まだ赤ちゃんの妹、ベスに何か起こった？　パパとママは忙しかった夏のストレスを癒やそうと、今週は休暇を取っていた。今日はベスを連れてピクニックに出かけたはず。「ジョス」ドルーに肘《ひじ》で突つかれた。彼女の肘が腕に触れた瞬間、わたしがさっと立ち上がると、木の床に椅子がこすれて悲鳴のような音がした。誰にも目を向けずにかばんを手探りし、机にあった物をすべて詰め込んだ。窓ガラスのひび割れを通り抜ける冷たい隙間風のように、あちこちでひそひそ声が聞こえ始めていた。何が待ち受けているか知りたくもないけれど、教室を出たくてたまらなかった。

足を交互に前に出すことをどうにか自分に思い起こさせ、校長先生の後から廊下に出た。エヴァンズ先生が背後でドアをピシャリと閉める。わたしは何も言わなかった。ただショー先生を見やり、同情にはほど遠い目つきでこちらをじろじろ見ている二人の警官に視線を向けた。さっきは目に入らなかった女の人が壁のそばに立っている。重々しいけれど穏やかな表情をした人だ。

腕に触れられた感じがして視線を落とすと、ショー先生の手がセーターにかかっている。これまで校長先生と話したのはせいぜい二言くらい。なのに、わたしの腕に手を置いてるわけ？「ジョスリン……こちらは保安官助手のウイルソンさんとマイケルズさんよ。そしてこちらはアリシア・ニュージェントさん。ＤＳＳからいらしたの」

わたしは疑問を込めた目を向けた。

ショー先生は青ざめていた。「社会福祉課《ＤＳＳ》のことよ」

恐怖に胸をわしづかみにされ、必死に息をしようとした。

「ジョスリン」校長先生は話を続けた。「こんなことを告げるのは辛いけれど……あなたのご両親と妹さんのエリザベスが交通事故に遭ったのよ」

わたしは待った。胸が締めつけられる。

「全員が即死だったの、ジョスリン。本当にお気の毒だわ」

ＤＳＳから来た女性が近づいてきて話し始めた。わたしは彼女に目を向けたけれど、ぼんやりした色の集まりにしか見えない。話しているはずの声はくぐもった音にしか聞こえなかった。彼女の横で水道の蛇口が開いて水がごうごうと流れているかのように。

息ができなかった。

パニックに駆られ、手を伸ばす。何でもいいから、息をさせてくれるものを求めて。

両手が置かれたのを感じた。冷静に何か囁く声。頬が濡れているのを感じる。舌には塩辛い味。そして心臓は……今にも爆発しそうに激しく打っている。

わたしは死にかけていた。

「息をして、ジョスリン」

その言葉が何度も何度も耳に聞こえ、とうとう意識が指示に従った。ややあって脈が落ち着き、胸が楽になった。目の前を横切っていたたくさんの点が消え始める。

「それでいいわ」ショー先生は小声で言い、温かい手で宥《なだ》めるように円を描いて背中をさすっていた。「それでいいのよ」

「そろそろ行きましょう」ぼんやりしたわたしの意識に、ＤＳＳの女性の声が割り込んだ。

「そうですね。ジョスリン、大丈夫？」ショー先生が静かな声で尋ねた。

「みんな死んじゃったのね」そう答えた。その言葉を口にしたらどう感じるか、知らなければならなかった。とても現実のこととは思えない。

「お気の毒だわ」

冷たい汗が手のひらに、腋《わき》の下にどっと吹き出した。首筋にも流れていく。全身に鳥肌が立ち、震えを止められなかった。めまいに襲われて体がぐらりと左に揺れ、胃がむかついていきなり吐き気に襲われた。わたしは前屈《かが》みになり、ＤＳＳの女性の靴に朝食をすっかりぶちまけた。

「彼女はショックを受けているんです」

そうなの？

それとも、これは乗り物酔い？

ついさっきまでは向こうの世界にいた。暖かくて安全な場所に。それがあっという間に、金属音のする中に放り込まれ……。

……わたしは百八十度違う世界にいた。

1

八年後
スコットランド

新しい住まいを探すにはぴったりの日だった。新しいルームメイトを探すのにも。

わたしはジョージ王朝風のアパートメントの湿っぽくて古い階段を降りて、驚くほど暑いエディンバラの昼へと飛び出した。数週間前に〈トップショップ〉で買った、白とグリーンのストライプ柄のキュートなデニムのショートパンツをちらと見下ろす。これを買ってから雨が降り続け、穿《は》くことなんてないかもと絶望的になっていた。でも、ブランツフィールド福音教会の端にある塔のてっぺんから太陽が顔を出すと、憂鬱《ゆううつ》な気分は消えうせ、またちょっと希望が持てそうになった。わずか十八歳でアメリカでの全人生を一つの荷物にまとめて祖国を後にしてきたくせに、わたしは変化が苦手だった。まあ、今はもう違うけれど。ネズミの出没問題に悩まされ続けた、大きなアパートメントにも慣れた。エディンバラ大学の新入生の時から共に暮らしてきた、親友のリアンが恋しい。わたしたちは寮で出会い、たちまち意気投合した。どちらも一人でいることが好きだったし、過去について互いに詮索しないということだけでも、一緒にいて心地良かった。一年生の間にかなり親しくなり、二年生の時に二人でアパートメント（リアンに言わせると「フラット」だけど）を借りようと決めた。卒業した今、リアンは博士号を取るためにロンドンへ行ってしまい、わたしにはルームメイトがいなくなった。おまけにもう一人の親友、つまりリアンの彼氏のジェイムズまで去った。リアンといるために、ロンドン（ジェイムズが嫌っていた場所だと付け加えておく）へ行ってしまったから。そしてとどめの出来事。大家が離婚し、アパートメントを明け渡してほしいと言ってきたのだ。

ここ二週間、女性のルームメイト募集中の若い女性たちの広告に応募している。今のところはすべて空振り。アメリカ人とは一緒に住みたくないと言った女もいた。〝一体、なんなのよ？〟って顔をしてやった。アパートメントのうち三つは……最悪。そのうちの一つの女は紛れもなく麻薬の売人だったし、最後に見た女性のアパートメントは、売春宿も顔負けの、その手の目的に使われてるような物音が聞こえていた。でもエリー・カーマイケルとの今日の約束は、思い通りに運ぶのではないかとかなり期待している。見学予定のアパートメントのうちでもっとも家賃が高いし、これまで見たものとは市の中心部の反対側にあるからだ。

遺産にはあまり手をつけないで暮らしてきた。できるだけ遺産を使わなければ、わたしが〝相当な〟財産を得たせいで感じた苦い思いがなぜか和らぐような気がして。けれども、そろそろ追いつめられている。

作家になりたいなら、ちゃんとしたアパートメントとちゃんとしたルームメイトが必要だ。

もちろん、一人で暮らすという選択肢もあった。その余裕がないわけではない。でも正直言って、完全な孤独状態は歓迎できなかった。八割方は一人でいたいけど、周りに人がいることも好き。自分でわからなかったことについて誰かに話してもらうと、物事を客観的に見られるし、優れた作家には偏《かたよ》りのない視点が必要だと思う。本当は仕事などしなくても良かったけど、わたしは木曜と金曜の夜、ジョージ・ストリートのバーで働いていた。昔からの決まり文句は的を射ている。つまり、バーテンダーの仕事は面白いネタを仕入れるのに不自由しないということ。

同僚の二人、ジョーとクレイグとは友達になったものの、勤務時間だけのつき合いだ。だから少しは人と関わりたかったら、どうしてもルームメイトがいなきゃならない。それに、これから見に行くアパートメントは、職場から通りをほんの数本しか隔《へだ》てていないところにあった。

新しい場所が見つかるだろうかという不安を無理やりしまい込もうとしながら、目を見開いて空車の表示があるタクシーを探していた。アイスクリームパーラーが視界に入り、立ち寄って味わう時間があればいいのにと思ううち、通りの反対側から近づいてきたタクシーをあやうく見逃しそうになった。片手をさっと上げ、渡れないかと横に目を走らせる。うれしいことに、運転手が気づいて縁石に車を止めてくれた。不運な車の窓にぶつかった緑と白の虫みたいにぺちゃんこにならないよう、広い通りを横切り、一目散にタクシーへ駆け寄ってドアの取っ手をつかもうとした。

でも、つかんだのは取っ手ではなく、誰かの手だった。

困惑して、日焼けした男性の手から視線を上げていく。長い手から広い肩へ、そして頭の後ろからまぶしく陽が射しているせいでよく見えない顔へと。百八十センチは優に超えていそうな長身の男性がわたしにのしかかるように立っていた。わたしは百六十センチちょっとしかない。

値の張りそうなスーツが目に入った。どうして、この男性はわたしのタクシーに手をかけているのよ。

陰になった男性の顔からため息が漏れた。「どちらへ行くのですか?」お腹に響くようなかすれ気味の声。エディンバラに住んで四年になるのに、滑《なめ》らかなスコットランド訛《なま》りを聞くといまだに背筋がぞくぞくする。素っ気ない質問だったけど、この男性の声にどきどきしたのは確かだ。

「ダブリン・ストリートです」とっさに答える。この人の行き先よりも遠くで、タクシーを譲ってもらえればいいんだけど。

「良かった」男性はドアを引き開けた。「ぼくもそちらへ向かうんだ。もう時間に遅れているから、タクシーが必要なのはどちらかという議論で十分間を無駄にするより、相乗りしませんか？」

温かな手が背中の下の方に触れ、わたしをそっと前に押す。めまいを覚えながらどうにかタクシーに乗り込み、奥の座席に身を滑らせてシートベルトを締めた。いいですよ、なんて同意したかしらと密かに自問しながら。承諾なんかしていないはずよ。

〝スーツ男〟が運転手にダブリン・ストリートへやってくれと歯切れ良く告げるのを聞き、わたしは眉を寄せて小声で言った。「ありがとう、と言うべきなんでしょうね」

「きみはアメリカ人かな？」

物柔らかな問いにようやく目を上げ、隣に座った彼を見た。うわ、ウソでしょ。

うわあ。

たぶん二十代後半から三十代前半の〝スーツ男〟は典型的なイケメンとは言えなかった。でも、目のきらめきや、セクシーな口の片隅を歪《ゆが》める仕草が、ほかの特徴と合わさってセックスアピールを発散している。仕立てのいい、高級そうなシルバーグレイのスーツに覆われた体の線から、ジム通いをしていることがうかがえた。引き締まった体の持ち主らしい態度で座り、ベストと白いシャツの下の腹部は完璧に平ら。長いまつ毛に縁どられた淡いブルーの目は困惑したような表情をたたえている。そして見間違えるはずはない、漆黒の髪。

わたしの好みはブロンドの髪だ。いつもそうだった。

でも、一目見たとたん、欲望を覚えて下腹部がきゅっと締めつけられた相手は初めて。力強くて男性的な顔がじっとわたしを見つめている――シャープな顎《あご》の輪郭、くぼみのある下顎、くっきりした頬骨、そして整った高い鼻。濃い無精髭《ぶしょうひげ》のせいで頬が影を帯び、髪はややもつれている。あれこれ考え合わせると、逞《たくま》しくてラフな感じは、洗練されたデザイナーズブランドのスーツにそぐわない気がした。

あからさまにじろじろ眺めているわたしの様子に〝スーツ男〟が片眉を上げる。感じていた欲望が四倍にもなり、驚いた。これまで一瞬で男性に惹かれたことなんてなかったのに。荒れた十代を過ごして以来、性的な誘いに応じようと考えたことすらなかった。

でも、この人から誘われたら逃げ出せないかも。

そんなことが頭に浮かぶなり、わたしは身を強張らせ、愕然《がくぜん》としてうろたえた。すぐさま防御の壁をめぐらせ、礼儀正しいけれど無表情な顔を装う。

「ええ、アメリカ人です」〝スーツ男〟が質問していたことをようやく思い出して答えた。やっぱりなと言いたげなきざな笑顔から視線を逸らし、退屈したという表情を作る。

小麦色の肌のおかげで、密かに赤面していたことがばれなくて良かったと感謝しながら。

「観光客かい？」彼は小声で訊《き》いた。

この男性への自分の反応が腹立たしく、あまり話さない方がいいだろうと思った。ばかげた言動をしないとも限らないでしょ？　「いえ」

「じゃ、学生だな」

聞き捨てならない言い方だった。〝じゃ、学生だな〟。なんだか小ばかにしている感じ。まるで学生というものは人生にちゃんとした目的もない、最低の役立たずだと言わんばかりだ。痛烈な台詞を浴びせてやろうと彼の方をさっと向いたとたん、興味深そうな眼差しで脚をじろじろ見られていることを知った。眉を上げてやり、むき出しの肌から彼がゴージャスな目を離すのを待ち受ける。視線を感じたのか、〝スーツ男〟は目を上げ、わたしの表情に気づいた。眺めてなどいなかったという振りをするか、素早く視線を逸らすのだろうと思った。ただ肩をすくめて、相変わらず、この上なくゆっくりした悪戯《いたずら》っぽい、セクシーな微笑を向けてくるとは思いもよらなかった。

わたしは目をぐるりと回し、両脚の間に感じた火照《ほて》りと戦った。「前は学生でした」軽い苛立ちを込めるだけにして答えた。「ここに住んでいるんです。二重国籍を持っていますから」なぜ、説明なんかしているの？

「一部はスコットランド人《スコティッシュ》というわけかな？」

ただうなずいた。〝スコティッシュ〟と言った時、彼が〝t〟の音を強めに発音した感じが密かに気に入った。

「卒業して、今は何をしているんだい？」

どうして知りたいの？　目の端からちらと視線を向けた。この人が着ている三つ揃いのスーツの値段は、大学のまずい学食でのわたしとリアンのまるまる四年間の食事代に相当するほどだろう。「あなたは何をしているんですか？　つまり、女性をタクシーに手荒く引っ張り込んでいない時は、ってことですけど」

やり込められても、彼は薄笑いを浮かべただけだった。「何をしていると思う？」

「弁護士って感じですね。質問に対して質問で返すところとか、相手を手荒に扱ったり、得意げな薄笑いを浮かべたりするところが……」

深みのある豊かな笑い声がわたしの胸に響いた。きらめく目がこちらをじっと見る。

「弁護士ではないよ。だが、きみは弁護士かもしれない。ぼくの質問に質問で答えたようだし。それに――」彼はわたしの口を身振りで示した。唇の曲線を視線でなぞるように見つめる瞳が影を帯びる。「――薄笑いを浮かべているじゃないか」声がいっそうハスキーになった。

視線がしっかりと合い、わたしの脈拍は急上昇した。礼儀正しい他人同士にしては長すぎるほど、見つめ合う時間が続く。頰が熱くなった……親密な時間を過ごしている時みたいに。わたしはますます彼に惹かれていき、二人の体の間に無言の会話が交わされる。ブラ付きTシャツの下で乳首が硬くなり、びっくりして我に返った。視線を引きはがし、外の車の流れを見やりながら心の中で願う。このタクシーに乗ったのが昨日なら良かったのに。

プリンスィズ・ストリートと、自治体による路面電車《トラム》の敷設《ふせつ》工事のせいで設けられた迂回路が近づくにつれて、タクシーを降りるまでもう話さなくても済むだろうかと考え始めた。

「きみは内気なのかな？」〝スーツ男〟はわたしの願いを打ち砕いて尋ねた。

答えるしかなかった。困惑した微笑を浮かべながら彼の方を向く。「どういうことですか？」

彼は頭を傾《かし》げ、細めた目でまじまじとわたしを見つめた。まるで物憂げな虎みたい。追う価値のある獲物かどうか決めかねるかのごとく、注意深く観察している。彼が質問を繰り返すと、わたしは身震いした。「きみは内気なのかな？」

内気？　違うわね。たいていはひどく無関心なだけ。そういうやり方が良かった。その方が安全だから。「どうしてそう思うの？」別に、〝内気光線〟なんて発してませんけど？　そう思って顔をしかめる。

〝スーツ男〟はまた肩をすくめた。「たいていの女性はタクシーにぼくと閉じ込められたら、その機会を利用する——ぼくの耳を噛んだり、電話番号を書いた紙を顔に突きつけたり……ほかにもいろんなことを」一瞬、わたしの胸に視線を注ぎ、すぐさま顔に目を戻した。わたしの頬はかっかと燃えている。こんな風にきまりの悪い思いをさせられたのはいつ以来だろう。圧倒されそうな思いをすることなんてめったになかったけど、無視しようとした。

自信満々な彼の態度にあきれながら、にやりと笑いかけた。わたしの笑顔を見た彼の目が少し大きくなると、意外にも喜びが全身に広がっていった。「へえ、ずいぶん自分に自信があるのね」

彼はにやりと笑い返した。歯は白いけれど、歯並びが完全ではない。歪んだような微笑を目にして、あまり経験したことのない感情に胸を動かされた。「経験から話しているだけだ」

「とにかく、わたしは会ったばかりの男性に電話番号を教えるような女じゃないわ」

「ふうん」彼はなるほどとばかりにうなずき、微笑が消えた。表情が引き締まり、わたしから距離を置いたような顔になる。「きみは〝三度目のデートまでセックスはお預け〟とか〝結婚してから赤ちゃんを作る〟というタイプの女性なんだな？」

辛辣《しんらつ》な評価に顔をしかめた。「いいえ、まさか」結婚して赤ちゃんを作る？　そんな考えに身震いした。来る日も来る日も肩に載っている恐怖心が滑り降りてきて胸をきつく締めつけた。

〝スーツ男〟はまたしてもわたしの顔をまじまじと見ていた。何を目にしたか知らないけれど、リラックスしたらしい。「興味深いな」呟《つぶや》くように言う。

いいえ。興味深くなんかないわ。この男性に興味など持たれたくなかった。「電話番号は教えないわよ」

彼は再びにやりと笑った。「教えてくれなんて頼んでいない。教えてほしいと思っても、頼まなかっただろう。ぼくには彼女がいるからな」

不意に胃を刺激した失望感を無視した――思ったことをとっさに口走ってしまう。

「だったら、そんな目で見ないで」

〝スーツ男〟は面白がるような顔だった。「彼女はいるが、ぼくは目が見えないわけではない。ほかの行動は禁止でも、見ることぐらいかまわないだろう」

この男性の注意を引いたからって、舞い上がったりしなかった。わたしは強くて自立した女なんだもの。窓の外をちらと見やり、クイーン・ストリート・ガーデンズにいることを知ってほっとした。ダブリン・ストリートはすぐ角を曲がったところだ。

「ここでいいです、ありがとう」わたしは運転手に声をかけた。

「どこらへんですかい？」運転手が確認する。

「ここです」意図したよりもきつい声になった。タクシーがウインカーを点滅させて止まると、安堵のため息をついた。〝スーツ男〟にはもう目も向けなければ言葉もかけず、運転手にお金を渡してドアの取っ手に手を置いた。

「待ちたまえ」

動きを止め、〝スーツ男〟に警戒の視線を肩越しに投げた。「何ですか？」

「名前くらいあるだろう？」

わたしはにっこりした。この男性から、そしてわたしたちの間の奇妙な引力から逃れようとしている今、安心感を覚えていた。「実はね、二つあるのよ」

タクシーを飛び降りた。彼が答えの代わりにくつくつ笑うのを聞き、意に反して全身を覆った興奮を無視しながら。

ドアがさっと開いて初めてエリー・カーマイケルに会ったとたん、きっとこの人が好きになると思った。背が高くてブロンドの彼女は流行の部屋着に身を包み、ブルーの男性用中折れ帽を被って片眼鏡《モノクル》をかけ、付け髭をつけていた。

エリーは淡いブルーの大きな目をぱちぱちさせてわたしを見た。

わたしは戸惑って尋ねるしかなかった。「あの……ご都合が悪い時でしたか？」

格好からすればごく当たり前の質問に困惑したみたいに、彼女はこちらをまじまじと見た。不意に付け髭をつけていることに気づいたらしく、エリーはそれを指さした。

「早くいらしたのね。片づけてたところなんです」

　中折れ帽とモノクルと付け髭を？　エリーの背後の明るくて広々とした玄関ホールへ視線を向けた。前輪がなくなった自転車が奥の壁に立てかけてある。胡桃《くるみ》材のキャビネットに取りつけられたボードには様々な写真や絵ハガキ、ほかにもいろんな切り抜きが貼られている。ジャケットやコートがびっしりと掛かった釘が並んだ下に、ブーツが二足と黒いパンプスが一足、無造作に転がっていた。床は堅木張りだった。

　とてもいい感じ。雰囲気のすべてが気に入り、満面に笑みを浮かべてエリーを見返した。「マフィアから逃げてるところなの？」

「え？」

「変装してるから」

「ああ」エリーは声をあげて笑い、ドアから後ずさってアパートメントへわたしを招き入れた。「ううん、違うわ。昨夜は友人たちが遊びに来たんだけど、ちょっと飲みすぎちゃって。持ってたハロウィン用の衣装を全部引っ張り出しちゃったの」

　わたしはまた笑った。面白そう。リアンとジェイムズが恋しかった。

「あなたはジョスリンね？」

「ええ。ジョスと呼んで」訂正した。両親が亡くなる前から、ジョスリンとは呼ばれていなかった。

「ジョス」エリーは繰り返し、にっこりと笑いかけた。この一階のアパートメントの内部にわたしは初めて足を踏み入れた。いい匂いがする——新鮮ですがすがしい。

出ていくことになるアパートメントと同様にここもジョージ王朝風だけれど、かつては一軒のタウンハウスだったらしい。今はそれを分割して二つのアパートメントにしている。実を言えば、隣のアパートメントはブティックで、上の階の部屋はそこのものだ。部屋の様子はわからないけれど、ブティック自体はとても素敵。手作りで独特のデザインの服を売っている。こっち側のアパートメントは……。

うわあ。

壁はとても滑らかで、最近塗られたばかりに違いなく、修復した人間は奇跡を行っていた。高さがある壁のすそ板と、天井との境目の太い張り出し部がジョージ王朝時代らしい雰囲気を引き立てている。わたしが住んでいるアパートメントと同じく、天井はめちゃくちゃ高かった。壁は涼しげな白だけど、ところどころにいろいろな様式のカラフルな絵が掛かっている。白壁は硬い感じになりそうなのに、黒みがかった胡桃材のドアや堅木張りの床とのコントラストで、アパートメントにはすっきりとして優美な雰囲気が漂っていた。

ほかは見ていないのに、早くもここが気に入ってしまった。

エリーは手早く帽子を脱いで髭を取り、振り返って何か言おうとしたけれど、口をつぐんで恥ずかしそうに笑って見せ、まだかけていたモノクルを外した。胡桃材のサイドボードにモノクルを無造作に置き、輝くような笑顔を向ける。彼女は陽気だった。いつものわたしなら避けるタイプだけど、エリーには何か引きつけられるものがある。チャーミングな女性だ。

「まず、家の中を案内しましょうか？」

「いいわね」

エリーはわたしの方から近い左側のドアへつかつかと歩いていって押し開けた。「こっちはバスルームよ。玄関のそばだなんて、ちょっと変わった場所にあるのは確かだけど、必要なものは何でも揃ってるわ」

うーん……その通りね。恐る恐る中に入り、そう思った。

きらきら光るクリーム色の床のタイルに、わたしのサンダルが音を立てる。バスルームは全面がクリーム色のタイルで覆われていたけど、天井だけはバターのような色で塗られ、温かみのある光を放つ照明がはめ込んであった。

そして広々としている。

金色のかぎ爪型の脚がついたバスタブに手を滑らせるなり、そこにいる自分の姿が思い浮かんだ。音楽をかけてキャンドルをいくつも並べ、赤ワインのグラスを持ってバスタブに浸《つ》かり、頭を空っぽにする……すべてを忘れて。バスタブはバスルームの真ん中にあった。後ろの右側の隅には、見たこともないほど大きなシャワーヘッドのついた二人用のシャワー室。左手には白いセラミック製の棚の上に現代的なガラス製のボウルがしつらえてある。あれが洗面台？　すべてを素早く頭の中に叩き込んだ。金色の蛇口、大きな鏡、乾燥機能のついたタオル掛け……。

今のわたしのアパートメントにはただのタオル掛けすらない。

「わあ」肩越しにエリーに笑いかけた。「ゴージャスね」

エリーは弾むような足取りで歩きながらうなずき、明るい微笑を浮かべたブルーの目でわたしを見た。「そうでしょ。わたしの部屋にはバスルームがついてるから、あまり使う機会はないんだけど。でも、ルームメイトになる人にとってはいいことよね。ここをほとんど独占できるんだもの」

なるほどね。わたしはバスルームの魅力に捉われてひとりごちた。このアパートメントの家賃が法外な理由がわかり始めた。でも、こんなところに住む余裕があるなら、前の人はなぜ出ていったのだろう？

エリーに続いて廊下を横切り、広い居間に入りながら礼儀正しく尋ねた。「ルームメイトは引っ越したの？」軽い好奇心から尋ねるだけという振りをしたけど、実は相手を観察していた。これほど完璧なアパートメントなのだから、もしかしたらエリーに問題があるのかもしれない。エリーが答える前にわたしはちょっと立ち止まってゆっくりと振り返り、部屋の様子を頭に入れた。年代を経たこの手の建物らしく、どの部屋の天井もほんとうに高い。窓もすべて背が高くて大きく、きれいな室内には交通量の多い外の通りから陽光がたっぷりと入ってくる。奥の壁の真ん中には巨大な暖炉がしつらえられ、見栄えを良くするためだけで実際には火を焚《た》くことがないのは明らかだったけれど、くだけていながら上品な雰囲気を部屋に醸《かも》し出していた。わたしの好みよりは少しばかり乱雑かもね。あちこちに散らばった本の山や、他愛ないもの――ディズニー映画に出てくるバズ・ライトイヤーのおもちゃとか――に視線を向けながら思った。

こんなおもちゃがあるわけを尋ねるつもりはないけど。

エリーを見ていれば、これほど部屋が乱雑な理由はわかってくる。ブロンドの髪は後ろにひっつめて乱れたシニヨンにまとめられ、履いているのは、似合わないビーチサンダル。肘には値札のシールなんかくっつけている。

「ルームメイト？」エリーは尋ね、振り返ってわたしと目を合わせた。わたしが質問を繰り返す前に薄い眉の間の皺《しわ》が消え、わかったとばかりに彼女はうなずいた。良かった。答えにくい質問じゃなかったみたい。「ううん」エリーは首を横に振った。「ルームメイトがいたことはないわ。兄がここを投資目的で買って全部の改装をさせたの。それからわたしが博士号を取る間、家賃の苦労をさせたくないと考えて、プレゼントしてくれたってわけ」

いいお兄さんね。

口に出しては言わなかったけど、わたしの目から気持ちが読み取れたに違いなかった。エリーはにっこり笑い、愛情のこもった眼差しになった。「ブレイデンはちょっと度が過ぎるのよね。兄からのプレゼントがありきたりなものだったことはないわ。それに、こんなところを断れるはずないでしょ？　一カ月暮らしてみたけど、あまりにも広くて寂しいことが問題なだけ。週末には友人たちが入り浸っていてもね。だからルームメイトを募集するってブレイデンに話したの。ブレイデンはその考えに乗り気じゃなかったけど、ここならどれくらいの家賃が入るかって話したら考えを変えたわ。なんてったってビジネスマンだもの」

エリーが兄（かなり裕福みたい）を愛していて、二人の仲がいいらしいとわかった。兄の話をする時の眼差しからうかがえる。そんな表情をわたしは知っていた。何年にもわたって見てきたし、人と関わっていてそうした愛情が相手の顔に――まだ家族が生きている人たちの顔に――浮かんだとたん覚える苦痛に対処するために、防壁をめぐらしてきたのだ。

「とても気前がいいお兄さんみたいね」無難な返事をした。会ったばかりなのに個人的な感情をぶちまけてくる人には慣れていない。

エリーはわたしの答えを気にした風もなかった。〝もっと話して〟といった温かい言い方じゃなかったのは確かなのに。ほほえんだまま、居間から廊下を通って細長いキッチンへ案内してくれた。そこはやや狭かったけど、突き当たりはダイニングテーブルと椅子が配置された半円形のスペースに続いていた。キッチンそのものはこのアパートメントのほかの場所と同様にお金をかけた作りになっている。電化製品はすべて最高級で、濃色の木製ユニットの真ん中には現代的な大きいレンジが置いてあった。

「本当に気前がいい人なのね」わたしはまた言った。

エリーは呻き声をあげた。「ブレイデンは気前が良すぎるのよ。こんなにあれこれいらなかったのに、どうしても納得してくれなかったの。いつもそんな感じ。たとえば今の彼女のことだけど——ブレイデンは何でもかんでも甘やかしちゃうの。これまでの女たちみたいに、彼女にも飽きるのを待つのみね。過去につき合ったうちで最低の女だもの。あの女がブレイデン自身よりもお金に関心があるのは見え見えよ。ブレイデンだってそれはわかってるの。でも、そんなつき合い方が自分にぴったりなんだって言ってる。ほんと、よく言うわよね？」

ほんと、よく話すわよね？

わたしは主寝室に案内されながら苦笑を押し隠した。エリー本人と同じようにそこも乱雑だった。エリーは明らかに退屈な人間らしい兄の恋人について、なおもお喋《しゃべ》りしている。妹が見ず知らずの人間に自分の私生活を暴露しているとわかったら、このブレイデンとかいう男性がどう思うだろうかと考えた。

「ここがあなたの部屋になるはずのところよ」

わたしはアパートメントの一番奥の部屋の入り口に立っていた。窓下に腰掛けがついた大きな出窓に、床まで届くジャカード織のカーテン、フランスのロココ調のゴージャスなベッド、胡桃材の書斎机と革張りの椅子。まさにわたしが執筆するための場所だ。

心を奪われた。

「素晴らしいわ」

ここで暮らしたい。家賃が高いことなんてどうでもいい。お喋りなルームメイトもなんだっていうの。これまでずっとケチケチして暮らしてきた。自分が選んだこの国でわたしは孤独だった。少しぐらい安らぎを得てもいいはずよ。

わたしはエリーに慣れ始めていた。ちょっとお喋りが過ぎるけれど、かわいらしくて感じがいい。それに、生まれつきらしい優しさを目にたたえている。

「お茶でも飲んで、うまく折り合えるかどうか、考えてみない？」エリーはまたにっこりと笑っていた。

ややあって、わたしは居間に一人で腰を下ろしていた。エリーはキッチンで紅茶を淹《い》れている。不意に、こっちがエリーを気に入るかどうかは問題じゃないのだと思い当たった。部屋を貸してもいいくらい、エリーに気に入ってもらわなければならない。不安で胃がひきつった。わたしはすごく愛想のいいタイプとは言えないし、エリーはかなり率直な人間らしい。もしかしたら〝受け入れて〟もらえないかも。

「なかなか難しかったのよね」エリーはそう言いながら居間に入ってきた。紅茶とお菓子を載せたトレイを運んでいる。「つまり、ルームメイト探しのことよ。わたしたちの年代にはこんなところの家賃を払える子がほとんどいないわ」

わたしは多額の遺産を相続していた。「うちの家族は裕福なの」

「へええ？」エリーはチョコレートマフィンを添えて、熱い紅茶のマグをよこした。

咳払いすると、マグをつかむ指が震えた。冷や汗がいきなり肌に吹き出し、血がどくどくと流れる音が耳に聞こえる。誰かに真実を話さなければならなくなると、いつもこんな反応が起きる。十四歳の時、両親と妹が交通事故で亡くなったの。ほかに身内と言えば、オーストラリアに住むおじが一人だけ。おじはわたしを養子にしたがらなかったから、里親に引き取られることになった。両親にはかなりの財産があったわ。父の祖父はルイジアナ州出身の石油業者で、父は遺産をとても慎重に運用した。十八歳になった時、わたしは全財産を相続したの。苦痛に満ちた話をエリーが知る必要もないのだと思い出すと、鼓動がゆっくりになり、震えが治まった。「父方の身内はルイジアナ州出身なの。曾祖父は石油でひと財産作ったのよ」

「ふーん、面白いわね」エリーの口調は心からのものに聞こえた。「ご家族はルイジアナから引っ越したの？」

わたしはうなずいた。「ヴァージニア州へ移ったわ。でも、母はスコットランドの出身」

「じゃ、あなたの一部はスコットランド人なのね。とってもクール」エリーは秘密めかした微笑を向けた。「わたしも一部しかスコットランド人じゃないのよ。母はフランス人だったけど、五歳の時に一家でセント・アンドルーズに移住したの。驚きだけど、わたしは全然フランス語を話せないのよね」エリーは鼻を鳴らし、次の質問は想像がつくわとばかりに待ち受けた。

「お兄様はフランス語を話すの？」

「ううん、まったく」エリーは手を振って質問をあしらった。「ブレイデンとわたしは半分しか血がつながってないきょうだいなの。父親が同じってわけ。どちらの母親も生きているけれど、父は五年前に亡くなったわ。とても有名な実業家だったのよ。〈ダグラス・カーマイケル・アンド・カンパニー〉って聞いたことがある？　このあたりでもっとも古い不動産業者の一つよ。父はごく若い頃に祖父から事業を引き継いで、不動産開発会社を興《おこ》したの。さらに、スコットランドでレストランを数軒と、土産物店まで何軒か所有していたわ。ちょっとした帝国ってとこね。父が亡くなって、ブレイデンがすべてを引き継いだの。今ではここらへんの誰もがブレイデンに取り入っている——おこぼれに与《あずか》ろうというわけ。兄ととても仲がいいって知られてるから、わたしを利用しようとした人もいたわね」愛らしい口が辛辣な感じに歪み、エリーにまるで似合わない表情が浮かんだ。

「大変ね」心からそう思った。財産を狙われるのがどんなことか、よくわかる。ヴァージニアを去ってスコットランドでやり直そうと決めたのは、それも理由の一つだった。

本心からの言葉だと察したかのように、エリーはリラックスした。見知らぬ人にはもちろんだけど、友達にでもこんな風に自分のことをさらけ出してしまう気持ちが理解できたためしはない。でも、今度だけはエリーの率直さにわたしは怖気づかなかった。まあ、こっちにも打ち明け話を期待されるかもしれない。だけど、よく知るようになれば、わたしが自分の話をしないことをわかってもらえるだろう。

意外だったけど、沈黙が続いてもとても心地良かった。エリーもそれを感じ取ったらしく、優しくほほえみかけてきた。「エディンバラでは何をしているの？」

「今はここで暮らして二重国籍を持っているわ。エディンバラが故郷みたいになってる」

その答えが気に入ったらしい。

「学生なの？」

首を横に振った。「卒業したわ。ジョージ・ストリートにある〈クラブ39〉というお店で木曜と金曜の夜に働いてる。でも、実を言えば、今は本を書くことに専念しようとしているの」

そう打ち明けると、エリーは興奮したらしかった。「素敵ね！　作家と知り合いたいなってずっと思っていたの。本当にやりたいことを追うのってとても勇気があるわ。博士課程に在籍するなんて時間の無駄だとブレイデンは思ってるのよ。自分のところで働けばいいと言うんだけど、わたしは研究が好きなの。大学では個別指導教員《チューター》もやってるわ。だってね……そう、楽しいからよ。わたしはあまりお金にならなくても好きなことをやれるという、嫌な人間の仲間なわけ」彼女は顔をしかめた。「なんかひどい話に聞こえるわね？」

わたしは批判などできる立場になかった。「自分の人生なのよ、エリー。あなたは経済的に恵まれている。だからって、ひどい人間ということにはならないわ」高校ではセラピーを受けた。セラピストの女性の鼻にかかった声が頭の中に聞こえる。「さて、ジョス、どうして自分についても同じように考えないの？　遺産を受け取ったからって、あなたがひどい人間になるわけではないわ。ご両親があなたにもらってほしいと思ったものなのよ」

十四歳から十八歳までの間、わたしはヴァージニアの故郷の町にある二つの里親の家で暮らした。どちらの一家にもあまりお金がなかったので、豪華な広い家で上等な食事を摂り、高級な服を身に着ける暮らしから、缶入りパスタばかり食べて、たまたま背丈が同じだった養家の〝妹〟と服を共有する生活に変わった。十八歳になる日が近づくと、法外な遺産を受け取ることが世間に知られていたわたしに、町の数えきれないほどの実業家たちが接近してきた。世間知らずだと彼らが思っていた子供を利用し、投資させようとして。自分のウェブサイトに出資してほしいと言ってきたクラスメイトもいた。わたしが遺産にあまり手をつけたくない理由は二つあるんじゃないかと思う。人格が形成される時期に自分とは違う人たちの暮らしを経験したことと、わたし自身よりもわたしのお金に関心がある不愉快な人々におべっかを使われたことだ。

似たような経済的状況にあって罪悪感を持て余している（内容は違うけれど）エリーと座っていると、驚くほどのつながりを感じた。

「あなたに部屋を貸すわ」エリーは出し抜けに言った。

いきなり彼女が楽しそうに笑ったので、わたしの口元にも笑いが込み上げた。「そんな簡単でいいの？」

エリーは急に真顔になり、うなずいた。「あなたが気に入ったの」

わたしもあなたが気に入ったわ。ほっとして顔が綻《ほころ》んだ。「じゃ、喜んで引っ越してくるわね」

2

一週間後、ダブリン・ストリートにある贅沢なアパートメントに引っ越した。

エリーやその乱雑な身の周りとは正反対に、わたしは身辺をきちんと整理しておくのが好きだったから、すぐさま荷ほどきに取りかかった。

「ほんとにわたしと座って紅茶でも飲まなくていい？」エリーが入り口から尋ねる。わたしはいくつもの箱や二、三個のスーツケースに囲まれて自室に立っていた。

「こういう荷物を全部解いてから寛《くつろ》ぎたいのよ」エリーを追い払いたがっているのだと思われないように、にっこり笑って言った。友情が育ち始めるこんな時期がいつも苦手——お互いの個性を束縛するまいとして疲れ切り、ある種の言葉や態度に相手がどう反応するかを探ろうとする時期が。

エリーはうなずいて了承しただけだった。「わかったわ。とにかく、一時間後にはチューターの仕事があるの。タクシーに乗らないで歩こうと思ってるから、もう出かけなくちゃ。だからあなたには余裕ができるわ。ここに馴染《なじ》むゆとりができるんじゃないかな」

ますますあなたが気に入っちゃった。「授業を楽しんできてね」

「荷ほどきを楽しんでね」

わたしは呻き声をあげて手を振った。エリーは愛らしい笑みをちらっと見せて出ていった。

玄関のドアが音を立てて閉まったとたん、信じられないほど快適な新しいベッドにどさりと寝転がった。「ようこそダブリン・ストリートへ」天井を見上げながら呟く。

キングス・オブ・レオンの着メロが〝おまえの欲望は燃えているぜ〟とやかましく鳴り響いた。一人きりの時間がたちまち邪魔されたことにぶつぶつ文句を言う。腰をひねって尻ポケットから携帯電話を取り出し、発信番号を見てほほえんだ。

「やっぱり掛けてきたのね」温かい気持ちで電話に出た。

「じゃ、目の玉が飛び出るほど高くて、至れり尽くせりの、これ見よがしに豪華な新しいフラットに引っ越したの？」前置き抜きでリアンが尋ねた。

「それって、忌々《いまいま》しくて妬《ねた》ましいって感じに聞こえるけど？」

「まさにその通りよ、幸運なお嬢さん。今朝、あんたから送られてきた写真を見てあやうくシリアルを喉に詰まらせそうになったわ。ほんとにあんな場所があるの？」

「ロンドンのアパートメントはあなたの期待に応えてないってこと？」

「期待？　見かけ倒しのひどい段ボール箱に法外な家賃を払ってるところよ！」

わたしは鼻を鳴らした。

「嫌な奴ね」リアンはぶつくさ言ったけれど、形だけだった。「あんたが恋しいわ。あたしたちのネズミだらけの王宮もね」

「わたしも、あなたやネズミだらけの王宮が恋しい」

「金メッキの蛇口付きの、かぎ爪脚のバスタブを見ながらそんなことを言ってるわけ？」

「ううん……五千ドルはしそうなベッドに寝ながらよ」

「ポンドに直すといくらなの？」

「さあ。三千ポンドくらい？」

「うわあ、六週間分の家賃の上に寝ているようなものね」

唸《うな》りながら起き上がり、手近の箱を開けた。「家賃がいくらか話さなきゃ良かった」

「まあね、それだけのお金を家賃に浪費するなら家が買えるって、説教してやりたかった。でも、言ったたって無駄でしょ？」

「うん、お説教なんていらない。それが孤児だってことの素晴らしい特権ね。心配されて説教されたりしないってことが」

どうしてそんなことを言ったのかわからない。

孤児という事実に素晴らしい要素なんてないのだ。

心配してくれる人が誰もいないということにも。

電話の向こうでリアンが黙り込んだ。わたしの両親やリアンの両親についてこれまで話したことはない。それは立ち入り禁止の部分だった。「とにかく」──わたしは咳払いした──「荷ほどきに戻った方が良さそう」

「新しいルームメイトはそこにいるの？」両親がいないことについてわたしが何も言わなかったかのように、リアンはまた会話を続けた。

「出かけちゃった」

「まだ彼女の友達には会ってないの？　男性はいる？　ホットな男の人はいないの？　四年間の男日照りの状態からあんたを引っ張り出してくれそうなホットな人は？」

まさか、という笑いがわたしの唇の上で消えた。〝スーツ男〟の姿が不意に浮かんだのだ。彼のことを思うと肌がむずむずし、いつの間にかわたしは沈黙していた。この一週間、あの男性のことが頭をよぎったのはこれが最初ではない。

「どうしたの？」わたしが無言なので、リアンが訊いた。「友人の中にうんとセクシーな男性がいたとか？」

「ううん」〝スーツ男〟を頭から追いやりながらリアンの言葉を否定した。「まだエリーの友達には会ってないの」

「残念」

そんなことない。わたしの人生に何よりも必要ないのは男の人だもの。「ねえ、荷ほどきを終えなきゃならないの。また後で話さない？」

「わかった。じゃ、後でね」

電話を切り、そこら中の箱を見ながらため息をついた。ベッドにまた倒れ込んでゆっくりと昼寝をしたいのに。

「ああー、とにかくやってしまおう」

数時間後、荷ほどきはすっかり終わった。段ボール箱はすべてきっちりと畳んで玄関のクローゼットにしまった。服は吊るして片づけた。本は書棚に並び、机の上では開いたノートパソコンが言葉を入力してもらおうと待ち構えている。ベッドサイドテーブルに両親の写真を置き、ハロウィン・パーティで撮ったリアンとわたしの写真を書棚に飾り、机のノートパソコンの隣にお気に入りの写真を置く。ベスを抱いたわたしの後ろに両親が立っている写真だった。彼らが亡くなる前の夏、バーベキューをやった裏庭での写真。隣人が撮ってくれたものだ。

写真を飾れば、普通はそれについて尋ねられるとわかっていたけれど、片づけてしまう気にはなれなかった。愛する人たちが苦悩をもたらすだけだということを思い出させる辛い写真……でも、手放すのは耐えられなかった。

指先にキスし、両親の写真にそっと触れる。

恋しいわ。

ややあって、首筋に汗が玉となって流れ落ちると、憂鬱な気持ちから我に返って鼻に皺を寄せた。暑い日だったし、ジョン・コナーを追うターミネーターさながらの猛烈な勢いで荷ほどきをしていたのだ。

あのゴージャスなバスタブを試してみる頃ね。

バスバブルを入れて熱い湯を注ぎ、スイレンの花の豊かな香りが立ち上るとわたしはリラックスし始めた。寝室に戻って汗ばんだシャツとショートパンツを脱ぎ、裸のまま新しいアパートメントの廊下を歩いていく解放感に満足する。

ほほえみながらあたりを見回した。少なくともこれから半年間、こうした美しい空間がすべて自分のものだなんてまだ信じられない。

スマートフォンから音楽を流し、バスタブに深く身を沈めてうとうとし出した。湯がぬるくなり始めてやっと目を覚ます。寛いで最高に満ち足りた気持ちになってから、優美とは言えない動きでバスタブから這《は》い上がり、スマートフォンに手を伸ばした。音楽がやんで静かになったとたん、タオル掛けを見やって固まった。

ウソでしょう。

タオルがなかった。あんたのせいよ、とばかりにタオル掛けを睨《にら》みつける。先週、エリーがそこにタオルを何枚か掛けていたのは間違いなく見たのに。水を滴《したた》らせながら廊下を歩かねばならない羽目になってしまった。

小声でぼやきながらバスルームのドアを引き開け、風通しのいい廊下に出ていった。

「ああ……やあ」深みのあるくぐもった声が聞こえ、堅木張りの床に自分が作っている水たまりからはっとして目を上げた。

驚きの悲鳴が喉で押し潰《つぶ》される。わたしが見ていたのはあの〝スーツ男〟の目だった。あの人がここで何をしてるの？　わたしの家の中で？　きっとストーカーよ！

一体どうなっているのかと理解しようとしながら、ぽかんと口を開けてるうち、彼が視線をわたしの顔に向けていないことに気づいた。素っ裸の全身に走らせていたのだ。

取り乱して不明瞭な声をあげ、胸に片腕をきつく巻きつけた。淡いブルーの瞳が、驚きに見開かれたわたしのグレイの瞳とぶつかった。「わたしのアパートメントで何をしてるの？」武器になりそうなものはないかとあわてて見回す。傘？　金属製の先端がある……役に立つかも。

再びくぐもった声が聞こえて彼に目を向けると、意に反して、そしてまったく場違いにも、両腿の間がカーッと熱くなった。彼は〝あの眼差し〟でまた見つめている。あの、セックスを貪欲《どんよく》に求めるような、謎めいた瞳で。たちまちそれに反応した自分の体が忌忌しい。この男は連続殺人犯《シリアルキラー》かもしれないのに。

「あっちを向いて！」大声をあげ、不利だと感じる気持ちを隠そうとした。

〝スーツ男〟はたちどころに降伏の仕草で両手を上げると、ゆっくりと体を回して背中をこちらに向けた。彼の肩が震えているのに気づき、訝《いぶか》しく思って目を細めた。このろくでなしはわたしのことを笑っているのね。

頭に血が上り、服をつかもうと――たぶん野球バットも――部屋へ走った時、エリーのメモボードに貼ってある一枚の写真が目に留まった。エリーの写真……それと〝スーツ男〟の。

一体、どういうこと？

なぜ、気づかなかったのだろう？　ああ、そうね。質問したくなかったからよ。自分の観察力のなさに腹を立てながら、肩越しに一瞬振り返った。〝スーツ男〟が覗いていなかったのでほっとした。自室へ走っていると、深みのある声が追いかけてきて廊下に響き、わたしの耳を打った。「ぼくはブレイデン・カーマイケル。エリーの兄だ」

もちろんそうよね。不機嫌に考えながらタオルで叩くように体を拭き、苛立たしい気分でショートパンツに足を突っ込み、タンクトップを着る。

茶色がかった濃いブロンドの髪を濡れたまま頭のてっぺんに適当にまとめ、ずんずんと歩いて廊下に戻って彼と対面した。

ブレイデンはこちらを向いていた。口の端を歪めながら、わたしの全身に視線を走らせている。もう服を着ている事実など問題ではないらしい。彼はいまだにわたしの裸体を眺めているのだ。目を見ればわかった。

屈辱を感じて攻撃的な態度で両手をさっと腰に当てた。「ノックもしないでここへ入ってきたの？」

そんな口調は心外だとばかりに彼の黒い片眉が跳ね上がる。「ここはぼくのフラットだよ」

「ノックぐらいするのが普通の礼儀でしょう」わたしはそう反駁《はんばく》した。

ブレイデンは返事の代わりに肩をすくめ、スーツのズボンのポケットに両手をさりげなく突っ込んだだけだった。上着はどこかに脱ぎ捨てたらしく、白いシャツの袖《そで》が肘までまくれ上がって静脈の太い逞しい前腕が露《あら》わになっている。

セクシーな前腕を目にするなり、わたしの体は欲望できゅっと引き締まった。

やだもう。

こんなの最悪。

密かに顔が熱くなる。「謝るつもりはないの？」

ブレイデンは悪戯っぽい微笑を向けた。「本当に悪いと思わない限り、ぼくは謝らない。このことについて謝る気はないよ。今週のピカイチの事件だな。いや、今年のベストワンかもしれない」あまりにも屈託のない笑顔に、思わずわたしはほほえみ返してしまった。そんなつもりはなかったのに。

ブレイデンはエリーの兄。そして彼女がいる。

なのに、この見知らぬ男性に危険なほど惹かれかけていた。

「へえ、ずいぶんつまらない人生を送ってるに違いないわね」傲慢《ごうまん》な口調で答えたけど、ブレイデンのそばを通り過ぎる時に弱気になった。ほとんど知らない男性に女性としての大切な部分を見られた後で、気の利いたことを言おうとしてみればわかるはず。あまりブレイデンと距離を置くことができず、いい匂いのコロンをかいで胸がざわめいたのを無視しようとした。

ブレイデンはわたしの指摘に不満の声をあげ、後をついてきた。背中に彼の熱を感じながら居間へ入る。

肘掛け椅子にはブレイデンの上着が投げ掛けられ、ほぼ空になったコーヒーのマグがコーヒーテーブルの上に開いたままの新聞の横に置いてあった。わたしが何も知らずにバスタブに浸かっている間、彼は寛いでいたらしい。

わたしは苛立ち、肩越しにきつい視線をブレイデンに向けた。

少年っぽいにやにや笑いを見てどきりとし、あわてて目を逸らしてソファの腕に腰を乗せた。ブレイデンは肘掛け椅子にゆったりと身を沈めている。にんまりとした表情はもう消えていた。自分だけのジョークを考えてるみたいに、唇を軽く綻ばせてじっとこちらを見つめている。もしかしたら、わたしの裸体を思い出しているのかも。

ブレイデンを拒絶したい一方で、わたしの裸が滑稽《こっけい》だったとは思われたくなかった。

「じゃ、きみがジョスリン・バトラーだな」

「ジョスよ」とっさに訂正した。

ブレイデンはうなずき、椅子の上でリラックスして背もたれに片腕を滑らせた。素晴らしい手をしている。優美だけれど、男らしい。大きくて力強い。その手がわたしの太腿の内側を這い上がる場面が思わず浮かんでしまった。

まったくもう。

視線をブレイデンの両手から引きはがして顔に向けた。寛いでいるけれど、どこから見ても尊大という感じ。不意に思い当たった。これが途方もなく裕福で重い責任を負い、自惚《うぬぼ》れの強い恋人を持ったブレイデン、間違いなく妹に過保護なブレイデンなのだと。

「エリーはきみに好意を持っている」

彼女はわたしを知らないのよ。「わたしもエリーが好きよ。彼女のお兄さんについてはそういう気持ちかどうかわからないけど。無作法な人みたいだし」

ブレイデンはやや歪んだ真っ白な歯を見せて笑った。「彼の方もきみに好意を持っているかどうかわからないらしい」

あなたの目はそんなことを言ってないじゃないの。「へえ?」

「ぼくのかわいい妹が露出好きと暮らすことを、どう思っていいかわからないんだ」

ブレイデンに顔をしかめたが、舌を突き出すのはやっと我慢した。この人といると、なんとも大人にふさわしい振る舞いをしてしまいそうになる。「別に人前で裸になる趣味はないわよ。わたしの知る限り、アパートメントには誰もいなかったわ。それに、タオルを忘れちゃったのよ」

「ささやかな贈り物を神に感謝しなくちゃな」

まただ。またあんな目でわたしを見ている。露骨すぎるってわからないの？

「真面目な話だが」ブレイデンは続けた。わたしの胸に視線を落とし、再び顔に向ける。「きみはいつも裸で歩き回った方がいい」

そのお世辞がうれしかった。喜ばずにはいられなかったのだ。わたしは唇の端に軽い笑みを浮かべ、悪戯な生徒にするように頭を振った。

ブレイデンはうれしそうに柔らかく笑った。思いがけず、わたしは不思議な充実感で胸が一杯になる。二人の間に一瞬で生まれた奇妙な引力が何かわからないけれど、壊すべきだと思った。こんなことが起こったのは初めてだから、さっさとやっつけなければならない。

わたしは目をくるりと回した。「あなたはろくでなしよ」

ブレイデンは鼻を鳴らして体を起こした。「たいていの女性がぼくをそう呼ぶのは、ファックした後でタクシーを呼んでやる時なんだが」

あけすけな言い方を聞き、わたしはぱちぱちとまばたきした。ウソでしょう？　知り合って間もないのに、もう〝ファック〟なんて言葉を使ってるの？

ブレイデンはわたしの反応に気づいた。「そんな言葉は嫌いだなんて言わないでくれ」

ううん。場合が場合なら、とても刺激的だと想像しているのよ。「いいえ。会ったばかりなのに、ファックのことなんて話題にすべきじゃないと思うわ」

ああ。まずいことを言っちゃったわね。

ブレイデンの目はおかしそうに輝いた。「ぼくたちはファックしているわけじゃないだろう」

わたしはいきなり話題を変えた。「エリーに会いに来たのなら、チューターの仕事に出かけてしまったわよ」

「実はきみに会いに来たんだ。もっとも、あの時の女性に会うとは思わなかったが。すごい偶然だ。先週のタクシーの一件以来、きみのことをずいぶん考えていた」

「あなたが恋人とディナーを摂っている間にってこと？」小馬鹿にした口調で尋ねた。この人といると、潮の流れに逆らって泳いでいる気がする。こんな意味ありげなセックス絡みの会話をしている状態を抜け出し、普通に〝ルームメイトのお兄さん〟とやり取りしているだけという感じになりたかった。

「ホリーなら、今週は両親を訪ねて南へ出かけている。サザンプトンの出身なんだ」

まるでわたしがくだらないことを言ったみたいじゃないの。「そう。それじゃ……」立ち上がり、ブレイデンが意図を察して帰ってくれないかと願った。「お会いできてうれしかったと言えればいいけれど、わたしは裸だったから……うれしくなかったわね。やることがいろいろあるの。あなたが立ち寄ったってエリーに伝えておきます」

ブレイデンは笑い声をあげながら首を横に振ると、立ち上がってスーツの上着を着た。

「きみはなかなか割れない木の実みたいだな」

オーケイ、どうやらこの男性にははっきりと簡潔に説明しなきゃだめみたいね。「ねえ、この木の実が割れることなんてないのよ。今も、これからもね」

笑いで息を詰まらせてブレイデンが前進してきたので、わたしはソファへ後ずさった。

「なあ、ジョスリン……どうしてきみが言うことは何でもかんでも淫《みだ》らに聞こえるんだろう？」

激しい怒りに駆られて口をあんぐりと開けた。ブレイデンは踵《きびす》を返して立ち去った……捨て台詞を吐いたまま。

あんな人、大嫌い。

本気よ。

でも、あいにくわたしの体はそう思っていなかった。

3

〈クラブ39〉はクラブというよりもバーに近く、店の奥のスペースが狭い四角のダンスフロアになっていた。ジョージ・ストリートの地下にある店は天井が低く、円形のソファや椅子代わりのサイコロ型スツールも低い。バーエリアはさらに低く作られているため、酔った客がそこにいるわたしたちのところへ来るにはステップを三段降りなければならなかった。そんなレイアウトにしようとバーエリアの設計図に手を加えた人は、ドラッグでもやっていたに違いない。

いつもの木曜の夜なら、薄暗いバーは学生で混み合っているけれど、学期が終わったスコットランドの夏の今夜は静かだった。ダンスフロアは無人で、音楽も音量が下げられている。

わたしはバーカウンターの向こうに立っている男性に飲み物を手渡し、十ポンド札を受け取った。「釣りは取っといてくれ」彼はウインクした。

ウインクは無視したけれど、チップはチップ用の瓶に入れた。毎晩、終業後にチップをみんなで分ける。もっとも、制服代わりのローカットの白いタンクトップと黒のぴっちりジーンズのおかげでわたしとジョスがほとんどのチップを稼いでいるのよ、とジョーは文句を言っているけれど。タンクトップの右胸あたりには黒の飾り文字で〝Club 39〟と入っている。シンプルだけど、なかなか効果的だ。わたしみたいなおっぱいに恵まれた者にとってはなおさら。

クレイグが休憩中だったので、バーカウンターのわずかばかりの客はジョーとわたしが受け持っていた。客は少しずつ減っていった。わたしは退屈し、ジョーが手を貸してもらいたがっていないだろうかとカウンターの向こう端に目をやった。

助けが必要らしかった。

バーテンダーとしての手助けじゃなさそうだけど。

釣りを渡そうと客に手を差し出したジョーは、手首を握られカウンター越しに引き寄せられていた。客の男とジョーの顔は今にもくっつきそうだ。わたしは眉を寄せ、ジョーがどうするだろうかと様子をうかがった。ジョーは青白い肌を真っ赤にし、相手の手を振りほどこうと腕を捩《よじ》っている。男の友人たちは後ろに立って笑い声をあげていた。

結構な状況じゃないの。

「放してください」ジョーは食いしばった歯の間から言い、いっそう強く腕を引っ張った。

クレイグはいないし、ひどくほっそりしたジョーの手首は今にも折れそうだったから、ここはわたしの出番だ。彼らの方へ進み、バーカウンターの下にあるボタンを押して入り口にいる警備員を呼んだ。

「なあ、いいだろ、かわいこちゃん。おれの誕生日なんだ。キスの一つくらいさ」

わたしは男の手をきつくつかみ、皮膚に爪を立てた。「この子を放しなさいよ、くそったれ。さもないと、あんたの手から肉をはぎ取って、タマにくっつけてやるから」

男は痛みにひいっと息をのみ、後ずさってジョーを放した。「アメリカの雌犬かよ」

呻き声をあげ、三日月形の跡がいくつも深く残った片手をかばうような仕草をした。

「経営者に文句を言ってやる」

アメリカ人だということが、どうしていつもマイナスに働くの？　何だっていうのよ。これは八〇年代の不良青年ものの映画の一場面だとでも？　わたしは平然と彼に鼻を鳴らしてやった。

店の警備員の大柄なブライアンが男の後ろに現れた。うれしくなさそうな顔だ。「なんか問題か、ジョス？」

「そう。こちらの男性とお友達をバーの外にお連れしてくれる？」

ブライアンは理由すら尋ねなかった。客を放り出すことなんてめったにないから、わたしの状況判断を信用してくれたのだ。「さあ、来い、おまえたち。こっちだ」ブライアンは唸った。泥酔した三人の男たちは怖気づき、真っ青な顔でブライアンの後からバーの外へのろのろと出ていった。

横でジョーが震えているのを感じて、わたしは宥めるように手を肩に置いた。「大丈夫？」

「うん」ジョーは弱々しくほほえんだ。「今夜は何もかも最悪。ちょっと前、スティーヴンに捨てられちゃったし」

わたしはたじろいだ。それがジョーと彼女の弟にはどれほどの痛手かわかったから。ジョーたちはリース・ウォークにある狭いアパートメントで暮らしており、慢性疲労症候群を患う母親を交代で世話している。家賃を賄《まかな》うため、ジョー——ゴージャスな女性——はルックスを利用して〝パトロン〟を手に入れ、経済的な面倒を見てもらっていた。頭がいいのだからもっと自分の人生の目標を持つべきだと、どんなに周りから忠告されても、ジョーは不安定な状態から抜け出そうとしなかった。ジョーが自信を持っているのは美貌だけで、それを使って男性をつかまえ、自分と家族の面倒を見てもらうのだった。でも、ジョーの美しさも母親の世話という重荷には勝てず、遅かれ早かれ、どの男性からも捨てられることになった。

「それは辛いわね、ジョー。家賃のことでも何でも、手を貸してほしいことがあったら、わたしにそう言ってくれるだけでいいからね」

これまでも何度、こんなことを言ったか知れやしない。でも、ジョーはいつも断った。

「ううん」ジョーは首を横に振り、わたしの頬に軽くキスした。「新しい人を探すわ。いつもそうだもん」

ジョーは肩を落として離れていき、わたしは意に反していつの間にか彼女のことを案じていた。ジョーは誤解されがちだ。彼女の物質主義にはうんざりするけれど、家族への忠誠心には頭が下がる。お洒落な靴が大好きなはずなのに、そんなものは二の次にして、まだ子供の弟と母親の幸せを優先する。残念ながら、その忠誠心のせいでジョーは自分の邪魔をする人間を踏みつけにしてきたし、彼女の状況を利用しようとした人間に踏みつけにされてもきたのだけど。

「休憩を取るわ。クレイグをカウンターに戻らせる」

ジョーはこっちを見ようとしなかったけれど、次の犠牲者は誰になるのかと考えながらわたしはうなずいた。または、ジョーが次は誰の犠牲になるのかと。

「今夜は静かだな」二分後、炭酸飲料の缶を持ってクレイグがのんびりとこちらへ歩いてきた。長身で黒っぽい髪、そしてイケメン。たぶんクレイグはジョーやわたし並みにチップを稼いでいるだろう。彼はしょっちゅうモーションをかけてくる。しかも巧みに。

「夏だもの」わたしは言い、クラブを見回してバーカウンターに背中をもたせかけた。「八月になれば、また平日が活気づくわよ」エディンバラ・フェスティバルがあるから売り上げが回復するなどと説明するまでもなかった。八月になると、エディンバラ中が人であふれ返る。観光客がなだれ込んできて、いいレストランのいいテーブルはすべて占拠され、あまりの人混みで五歩進むのに五分もかかるほどだ。

そのぶん、もらえるチップは破格になるけど。

クレイグは呻き声をあげ、さらにすり寄ってきた。「退屈だよ」物憂げだけれど抜け目のない視線を素早くわたしの体に走らせる。「男性トイレで、おれと一発どう？」

店で顔を合わせる度、クレイグはそう尋ねてくる。

わたしはいつもノーと言い、ジョーとやったらと勧める。クレイグの答えはこうだ。「彼女にはもう興味ない」わたしは挑戦しやすい相手なのだろう。いつか落としてやれると、クレイグは本当に勘違いしてるのかも。

「どう？　元気？」聞き慣れた柔らかな声が後ろから聞こえた。

くるりと振り返り、バーカウンターの向こうにいるエリーを見て仰天した。エリーの後ろにいるのは、見たことがない男性と、そして……ブレイデン。

急に顔から血の気が引き、昨日の出来事のせいでまだ屈辱を感じながら、わたしはブレイデンの目に浮かんだ慎重で平然とした表情を眺めるだけだった。彼はクレイグを見ている。

わたしはブレイデンから視線を引きはがし、弱々しくエリーにほほえみかけた。「あー……ここで何をしてるの？」

昨夜、わたしはエリーとディナーを摂った。ブレイデンが立ち寄った話はしたけれど、その時に全裸だったことは告げなかった。エリーは自分のクラスのことを話してくれ、彼女が素晴らしいチューターである理由がわかった。美術史への情熱が伝わってきて、わたしはいつしか心からの興味を持って話に聞き惚れていたのだ。

だいたいにおいて楽しい初ディナーだった。エリーはいくつか個人的な質問をしてきたけれど、わたしはそれをどうにか彼女への質問にすり替えた。今ではエリーに父親違いのきょうだいもいるとわかった。彼女は十四歳のハンナと十歳のデクランの姉なのだ。母親のエロディ・ニコルズはエディンバラのストックブリッジ界隈に夫のクラークと暮らしている。エロディはシェラトン・グランド・ホテルの非常勤のマネジャーで、クラークは大学で古代史を教える教授だった。エリーの口調を聞けば、家族みんなを愛しているのは明らかだったし、どうやらブレイデンが自分の母親よりもエリーの一家と過ごす時間の方が長いという印象を受けた。

今日の昼時、エリーとわたしはそれぞれがやっていたことから休憩を取り、居間で顔を合わせて食事をして少しテレビを見た。英国の昔の連続ホームコメディ『アー・ユー・ビーイング・サーブド』の一話が放映されているのを見て二人ともにやにや笑い、黙っていてもお互いに心地良い結びつきがあった。驚くほど早いけれど、新しいルームメイトとの間にしっかりした基盤が築かれているのを感じた。

でも、わたしの職場に兄と現れるって、どうなの？　そう、あまりクールじゃない。昨日のブレイデンとの一件をエリーが知るはずもないけど……。

「〈タイガーリリー〉で飲んでたら、友達の何人かとばったり会ったの。で、あなたの店に立ち寄って挨拶しようと思って」エリーはにっこり笑い、中学一年生の子みたいな悪戯っぽい表情を目に浮かべてクレイグの方にもの問いたげな視線を向けた。

ふうん、〈タイガーリリー〉ねえ？　あそこはお洒落なお店だ。わたしはエリーのスパンコール付きのきれいなドレスに目を向けた。一九二〇年代風のドレスはデザイナーズブランドものに違いない。これほどきちんとした格好のエリーを見るのは初めてだった。彼女の隣に立っている、流行のスーツに身を包んだブレイデンと、洗練された外見の連れの男性を見て、ちょっと気分が暗くなった。確かにお金はあるけれど、わたしはこの人たちみたいに優雅な、カクテルだのクレーム・ブリュレだのが当たり前のライフスタイルに馴染みがない。なぜかがっかりして、この三人には溶け込めないとつくづく思った。

「そう」むっつりと答え、尋ねるようにエリーが上げた眉を無視した。

「こちらはアダムよ」無言の問いにわたしが答えるつもりがないと悟るなり、エリーは後ろにいた男性を振り向いた。アダムを見上げる彼女の淡い色の目に温かい感情が浮かび、濃さを増す。この男性はエリーの彼氏なのだろうか。彼がいるなんてエリーは言ってなかったけれど。濃い色の髪をしたセクシーなアダムはブレイデンよりやや背が低く、スーツがとてもよく似合う広い肩の持ち主だった。

にっこりした時、わたしを見つめたアダムの温かみのある黒い目はバーの明かりに照らされて輝いた。「ハイ。初めまして」

「こちらこそよろしく」

「アダムはブレイデンの親友なの」エリーは説明して兄の方を向いた。そのとたん、エリーは吹き出し、まるで妖精の作る泡みたいなくすくす笑いがバー中に響く。エリーは肩越しにわたしをちらりと見た。「ブレイデンを紹介したいけど、あなたたちはすでに……会ってるものね」笑いで息が詰まった彼女から〝会ってる〟という言葉がやっと聞き取れた。

わたしは凍りついた。

エリーは知っていたのだ。

わたしは疑いを込めて目を細め、嫌悪の眼差しでブレイデンを見た。「彼女に話したのね」

「話したって、何を?」アダムが戸惑った顔で尋ね、まだ大笑いしているエリーを、どうしたんだ、という目つきで見た。

ブレイデンは面白がるように口角を上げ、わたしに視線を据えたままアダムに答えた。

「ジョスリンが素っ裸でフラットを歩き回っているところへ、ぼくがうっかり邪魔したってことだよ」

アダムは興味津々の眼差しをわたしに向けた。

「違うわ」辛辣な口調で言い返した。「タオルを捜してバスルームから出てきたところだったのよ」

「こいつはきみの裸を見たのかい？」クレイグが口を挟んだ。額に皺を寄せている。

「ブレイデン・カーマイケルだ」ブレイデンはバーカウンター越しにクレイグに手を差し出した。「よろしく」

クレイグはやや面食らった様子でその手を取った。最高じゃないの。男の人でさえブレイデンに魅了されるのね。クレイグにほほえみかけていたけれど、またわたしに視線を戻したブレイデンの顔からは陽気な表情が消えていた。その目にかすかに冷たいものを認め、わたしは眉を寄せた。今度はわたしが何をしたっていうのよ？

「ぼくには彼女がいる」ブレイデンはクレイグに言った。「きみの恋人を口説くつもりはないよ」

「いや、ジョスはおれの彼女じゃないんだ」クレイグは首を横に振り、気取った笑顔をわたしに見せた。「言い寄る努力をしてないわけじゃないけどね」

「お客さんよ」わたしはバーカウンターの向こう端に現れた女の子を指さし、クレイグを追い払う口実ができたことを喜んだ。

クレイグがいなくなったとたん、エリーはカウンターにもたれた。「あなたの彼氏じゃないのね？　ほんとに？　でも、どうして？　あの人、キュートじゃないの。それにあなたのことを魅力的だと思ってるのは間違いないわ」

「クレイグは歩く性器なの」不機嫌に答え、カウンターのありもしない汚れを布巾で拭いた。ブレイデンの視線を必死に避けようとしながら。

「あいつはいつもきみにあんな話し方をするのか？」

ブレイデンの問いにわたしは渋々頭を上げ、彼がクレイグの方を殺人でもしそうな冷たい目で見ているのに気づくと、同僚を弁護して納得してもらわなくてはという気になった。「クレイグに悪気はないのよ」

「まったくもう、休憩が十分間もないんだから」ジョーが文句を言いながら、バーカウンターの後ろからゆっくりと出てきた。タバコの煙を吐き出しながら。あんなに嫌な臭いのする習慣に、なぜみんなが耐えられるのかわからない。鼻に皺を寄せて見やると、たちまちジョーはわたしの気持ちを理解したようだった。でも、気に留める風もなく肩をすくめただけで、からかうように投げキッスをし、ブレイデンのところへ来てカウンター越しに向き合った。ジョーの大きな緑の目は彼を味わうように眺めている。まるでブレイデンが、やめたくてもやめられないタバコだと言わんばかりに。「こちらはどなた?」

「わたしはエリー」キュートな十五歳の少女みたいにエリーはジョーに手を振った。エリーを見てわたしの頬は緩んだ。本当に愛らしい。「ジョスの新しいルームメイトなの」

「ハイ」ジョーは礼儀正しく微笑し、期待するようにまたブレイデンに視線を向けた。

ジョーがあからさまな関心をブレイデンに示したからって、わたしが不快に思ういわれはないわ。

「ブレイデンだ」彼はジョーにうなずいて見せ、素早くわたしの顔に視線を戻した。

うわ。ほんとに?

わたしは呆然とした。

正直言って、ブレイデンがジョーといちゃつくそぶりを見せるのではないかと身構えていた。ジョーは背が高くてモデル並みにほっそりし、ストロベリーブロンドの長くてまっすぐな豊かな髪をしている。わたしにうわついた態度を取るブレイデン・カーマイケルなら、ジョーに対してはその魅力で蕩《とろ》けさせるのだろうと予想していた。

でも、ちょっと冷淡な態度をジョーに取っている。

とにかく、だからってうれしいわけでもないけど。

うーん。わたしは自分に嘘をつくのがいつも上手だったのよね。

「ブレイデン・カーマイケル?」相手の無関心な様子にも気づかず、ジョーは尋ねた。

「まあ、ほんとなの。〈ファイヤー〉のオーナーですよね？」

忌々しいことに、わたしはブレイデンへの好奇心に勝てなかった。「〈ファイヤー〉って？」

「ヴィクトリア・ストリートにあるクラブよ。ほら、グラスマーケットからちょっと外れたところ」今やジョーのまつ毛は猛スピードでブレイデンに向かってはためいている。

ブレイデンはナイトクラブのオーナーなのね。もちろん、そんな感じよね。

「そうだ」ブレイデンは呟くように言い、腕時計を一瞥《いちべつ》した。

そういう仕草の意味ならわかる。きまりが悪い時、わたしもよく腕時計を見る振りをするから。その瞬間、ブレイデンのことを滔々《とうとう》とまくし立ててるジョーをひっぱたいてやりたくてたまらなくなった。ブレイデンはスティーヴンの代わりにはならないのよ。とんでもない。

「あの店、大好き」ジョーは喋り続けている。ますますカウンターの上に身を乗り出し、小さくて薄っぺらい胸がブレイデンによく見えるようにした。

はあ。いきなりそんなことする？

「いつか一緒に行かない？　ところで、わたしはジョーよ」

ううっ。ジョーったら、五歳児みたいにくすくす笑ってる。なぜか、木曜と金曜の夜ごとに聞いているその笑い声が急に苛立たしくなった。

ブレイデンは〝もう行こう〟とばかりにエリーを突ついた。苛々したような表情になっている。でも、エリーはアダムとひそひそ話すのに夢中で、兄の無言の訴えに気づかなかった。

「どうかしら？」ジョーが畳みかける。

ブレイデンはどういうわけか、探るような視線をわたしに向け、ジョーに肩をすくめた。「ぼくには彼女がいる」

ジョーは鼻を鳴らし、肩の上の髪を手でふわりと膨らませた。「じゃ、彼女は家に置いてくればいいわ」

まったく、信じられない――「エリー、あなたたちは誰かに会うとか言ってなかったっけ？」わたしはエリーの注意をアダムから逸らすくらいの大声で尋ねた。すぐさま兄の救出に向かわせなくちゃ。

「え？」

エリーにきつい視線を向け、食いしばった歯の間から同じ質問を繰り返す。

ようやくジョーと兄の表情に気づき、エリーはうなずいた。「あ、そうだった。もう行った方がいいわね」

ジョーはふくれっ面をした。「ねえ、あなたは――」

「ジョー！」バーカウンターの向こう端からクレイグが助けを求めて呼びかけた。さっきよりも客が集まり始めている。その瞬間、わたしはクレイグが大好きという気になった。

ジョーはぶつぶつ言いながら子供っぽく唇を突き出し、クレイグのところへ急いで行ってしまった。

「ごめんなさい」エリーは唇を噛み、悪かったわという顔でブレイデンを見やった。

謝らなくていいとばかりにブレイデンは手を振って後ずさり、先に出るようにと紳士らしい身振りでエリーに合図した。

「じゃあね、ジョス」エリーは手をひらひらさせ、わたしに笑いかけた。「明日の朝、会いましょ」

「うん。楽しい夜を」

アダムはエリーの背中の下の方に我が物顔で手を添えると、さよならと礼儀正しくうなずき、彼女を連れて出ていった。何かが進行中ということなの？　たぶん。でも、エリーに尋ねようとは思わないけど。きっとエリーはこっちの好奇心を逆手に取り、恋愛沙汰が皆無のわたしの生活についてあれこれ尋ねてくるに違いない。そして、どうして浮いた話もないのかと知りたがるに決まってるから。そんな会話は誰ともしたくない。

肌が粟立ち、渋々ブレイデンに視線を再び向けた。彼はバーカウンターに一歩近づいた。さっきまでの礼儀正しいけれどよそよそしい表情は、あまりにもお馴染みになった、熱のこもったものに変わっている。

「助けてくれてありがとう」彼の低い声がパンティの中にまで響き、わたしは密かに悪態をついた。

全身がうずうずしていたけど、さりげない風を装った。「どういたしまして。ジョーはいい子だし、まったく悪気はないのよ……でも、お金目当てで男性に近づくのは見え見えね」

ブレイデンはうなずいただけだった。ジョーには明らかに何の関心もないらしい。

たちまち沈黙が落ちた。ブレイデンとわたしの目が合い、そのまま視線が絡みついて離れようとしない。わたしはいつの間にか口をぽかんと開けていた。彼の視線が口元に向けられてそのことに初めて気づく。

一体どうしたというの？

さっとブレイデンから離れた。肌がかっと熱くなるのを感じながら、今のわたしたちを見られていなかったかと周りを見回した。誰も目を留めていなかった。

なぜ、ブレイデンは帰らないの？

また彼に視線を向け、落ち着かない気持ちを悟られまいとした。実際には、背の立たない深みにはまっていたけれど。わたしの体をゆっくりと這う、探るような熱い視線を無視しようとしても、うまくいかない。もう、そんな目で見ないで！

ようやく彼の視線がわたしの目に戻ると、しかめっ面をしてやった。まったく信じられない人。ジョーをほとんど無視していたくせに、わたしには〝セックスそのもの〟の表情を見せる。わたしを苦しめて、病的な満足感でも得ているの？

ブレイデンは素早く笑顔を作ってバーカウンターから後ずさり、頭を振った。

「何よ？」睨みつけてやった。

ブレイデンは得意げな笑みを浮かべた。にやにや笑いを向ける男性って大嫌い。彼みたいにセクシーなにやにや笑いでも。「どっちが気に入っているかわからないな……」

彼はひとりごち、考え込んだ様子で悪戯っぽく顎を撫《な》でた。「裸のきみか、そのタンクトップ姿のきみか。たぶんDだろう？」

何が？　さっぱりわけがわからず、眉を寄せた。

そのとたん、答えがわかった。

やだ、変態！

このろくでなしはわたしのブラのサイズをぴたりと――正確に――言い当てたのだ。

昨日のわたしをブレイデンが忘れることはないだろう。それが今はっきりした。

布巾を投げつけてやると、ブレイデンは声をあげて笑い、さっと逃れた。「じゃ、当たりということだな」

そして彼は立ち去った。ぐうの音も出ないほど気の利いた反論をこっちが思いつかないでいるうちに。
わたしは誓った。今度会ったら、絶対に決定的な一言を投げつけてやる。

4

わたしが書いているファンタジー・シリーズのヒロイン、モルヴァーンという王国の凄腕の暗殺者リーナは、女王の側近のアルヴァーンへの襲撃を画策していたはずだった――アルヴァーンは魔法使いで、女王の甥と密かに通じ、彼の影響力と自分の魔術を用いて王国を操り、政権を握ろうとしていたのだ。なのに、リーナは女王の護衛官のリーダー、テンの裸体を空想し始めていた。最初の五章まではブロンドの髪だったテンが、今や漆黒の髪と淡いブルーの目を持っている。テンはロマンスのヒーローなどになる予定じゃなかった。そもそもロマンスのヒーローなんて登場しなかったはずだ。これはリーナについての物語なのだから！

腹立たしくなり、ノートパソコンから離れた。

忌々しいブレイデン！　有毒なほどセクシーな彼のせいで原稿は汚れてしまった。もういい。今日はもう諦《あきら》めよう。大学でリサーチを終えた後、エリーが夕食にテイクアウトの中華料理を持ち帰る予定だから、クイーン・ストリートの角を曲がってすぐのところのジムに行く時間を取ろうと決めた。前もってカロリーを消費しておこうというわけ。わたしは食べるものを気にしない方だけど、学生時代はスポーツをしていたし、体形は維持したい。それはいいことでもある。だってポテトチップスが、こちらの呼び方で言うならクリスプスが大好きだから。どんなポテトチップスでもいい――肥満の元になる、おいしくてパリパリのポテトチップスが大好物。もしかしたらポテトチップスとの親密な関わりが、わたしの人生でもっとも現実的なものかもしれない。

自分の本についてのやり場のない思いを押しのけようとランニングマシンやクロストレーナー、エアロバイクに乗り、ウエイトトレーニングをして、しまいには汗をびっしょりかき、ふらふらになった。エクササイズのおかげでリラックスした――頭がまた働き始めるくらいに。登場人物が一人、頭の中で生まれ始めたけれど、勝手に暴走する人物ではなかった。おそらく彼女がわたしに似ていたからだろう。この人物は孤独で自立心があり、一本気だった。スコットランドの養護施設で成長し、就労ビザでアメリカに移住して恋に落ちる……。

それはわたしの母だった。母の物語は素晴らしかったけれど、最後は悲劇に終わった。優れた悲劇は誰からも好まれる。母はみんなに愛されるだろう。母は短気でずけずけとものを言うタイプだったが、とても優しくて思いやりがあった。父は出会った瞬間から母に夢中になったものの、警戒心を解いてもらうまで半年かかった。二人のロマンスは壮大だった。これまでロマンスを書こうなんて思いもしなかったのに、両親のことを紙に記して残そうという考えが消えない。鋼鉄のように硬く冷たい意志の下に埋め込んでいたいくつもの記憶が次々と目の前を通過し始め、自分がいるジムが消えてしまった。キッチンのシンクにママが立ち、食器洗い機は信用できないからとお皿を手で洗っている。パパは静かにママの背中に寄り添い、ウエストに両腕を巻きつけて引き寄せ、耳に何か囁いた。何を言ったかわからないけど、ママはパパに背中をぴたりとつけ、顔を上げてキスを待つ。そのとたん、場面がパッと変わり、夜にパパが家の中でママを追いかけているところになった。ドアがバタンと音高く閉まり、わたしとベビーシッターはとても怖い思いをしていた。この横暴な最低男、とママがパパに向かってわめいている。おれの目の前であつかましくもおまえを口説いていた、おまえの会社のあの野郎を黙って見てはいられなかったんだ、とパパは唸った。殴ることはなかったでしょう、とママは大声をあげる。「あいつはおまえの尻をさわってたんだぞ！」パパはぴしりと言い返し、わたしは当惑しながら呆然と眺めた。パパの目の前でママのお尻をさわった人がいたって？　ばかじゃないの。「わたしはちゃんと対処できるわ！」ママは抗議した。「隙があるんだ！　もうあの男と働いてはだめだぞ！」そこから両親の口論はエスカレートし、ついにベビーシッターは報酬をもらうのも待たずに家から出ていった。でも、わたしは二人の口喧嘩を心配していなかった。両親はいつも情熱的な関係なのだ。言い争いそのものが解決策になるだろう。そして、その通りになった。冷静さをなくしたことをパパは謝ったけれど、〝あの野郎と働いてはだめだ〟という主張はてこでも変えなかった。問題がここまで大きくなったから、ママはとうとう折れた。騒ぎの元となった職場のろくでなしは、確かにろくでなしだったからだ。そしてわたしはその晩に起こったこと以上の事情があったのではないかと推測した。実際、ママは別の会計事務所に移った。結婚というものは妥協ばかりなのよとママは言ったし、パパもママのために妥協していただろう。

あまりにも鮮明な思い出だった。母のハシバミ色の目に浮かんだ金色の点まで見えそうだ。父のコロンの香りもしてきそうだし、わたしを抱いてくれた感触もわかる。髪を指で梳《す》いてくれた母の手の感触も……。

胸がきつく締めつけられ、わたしはランニングマシンの上でよろめいた。また元の世界が戻ってきたけれど、色彩が点滅して音がとぎれとぎれで、わけがわからない。耳の中に血がどくどくと流れる音がする。動悸がして、息をするのも苦しい。膝に痛みが走ったけど、ほとんど感じなかった。力強い両手がしっかりした床にわたしを助け下ろして立たせてくれたことも。

「呼吸に集中するんだ」宥めるような声が耳元で呼びかける。

その声に従い、パニックに対処して呼吸を平静にしようとした。

やがて視界が晴れ、頭の圧迫感が楽になって息ができるようになった。パニック発作のせいで噴出したアドレナリンの影響で震えながら、わたしを支えている男性に目を向けた。黒い瞳は心配そうだった。

「気分は良くなった？」

うなずいた。あちこちのマシンからこちらを眺めている人々を見て、恥ずかしいという思いがどっと押し寄せる。男性の手からそっと離れた。「すみません」

彼は首を横に振った。「気にしなくていい。ランニングマシンに倒れ込む前にきみをつかまえられて良かったよ。でも、膝にはひどい痣《あざ》ができるだろうね」身振りで指し示す。

見下ろすと、スポーツタイツに裂け目ができていた。痛みがズキンと走る。顔をしかめ、膝を曲げてみた。「最高ね」

「ぼくはギャヴィン」差し出された手をわたしは礼儀正しくつかんだものの、握る力はほとんどなかった。疲れ切っていた。

「ジョスです。ところで、ありがとう」

ギャヴィンは眉をひそめていた。筋肉質で、こざっぱりとしたスポーツマンタイプの男性が好みなら、彼はキュートと言っていいだろう。それにブロンドだし。「本当に大丈夫かい？　パニック発作だっていうのはわかるよ」

密かにたじろぎながら首を横に振った。発作を誘発した記憶を引き出したくなかった。

「本当に大丈夫。ちょっとストレスの多い一週間だったから。でも、あの……とにかくありがとう。家へ帰ることにします」

「きみを前にも見かけたことがあるよ」ギャヴィンは笑顔でわたしの話に口を挟んだ。「ぼくはここでパーソナルトレーナーをしている」

　だから？「わかったわ」

　わたしの反応を見てギャヴィンは笑みを浮かべた。「ぼくがここにいると言ってるだけだよ。何か用があったらということだが」

「覚えておくわ。いろいろありがとう」ばつの悪さを感じながら彼に手を振り、ロッカールームへ急いだ。

　母についての本を書くのは問題外かもしれない。


　わたしはエリーよりも先に帰り、動き続けた方がいいだろうと考えた。またもやパニック発作が起きないかと怖かったのだ。ここ何年も発作が起きていなかった。キッチンで皿を出しながらファンタジー小説の次の章のアイデアを頭の中に呼び起こそうとし、ジムでの出来事などなかった振りをしようとした。

　そのうち、パニック発作から考えが逸れていった。小説のことを考えていたからではなかったけれど。

あの忌々しいブレイデンのことを再び思い出したのだ。

ナイフやフォーク専用の引き出しを開けると、そこにあるべきではないガラクタが山ほど見つかった。次にやるべきこと、と頭の中にメモする。エリーがめちゃくちゃにしたキッチンの整理。引き出しにはこまごましたものが一杯入っていた――糸、針、カメラ、糊、両面テープ、そして何枚もの写真。どこかの水面を見渡す橋の手すりにもたれたブレイデンの写真もあった。晴れた日で、ちょうどカメラの方を向いたという感じのブレイデンはまぶしそうに目を細め、形の良い口を愛情あふれた微笑で綻ばせている。

皿を並べる間、写真のブレイデンの微笑から彼の笑い声を思い出した。バーでブレイデンに会ってからのここ四日間と同じように、その笑い声が耳の中に鳴り響く。シャツを脱いだ彼の体に、わたしがトルティーヤみたいにぴったり張りついているイメージばかりが浮かぶ。セックスシーンを書いたことがないからって、ほかのみんなと同じような、性的に興奮することもある血の通った女には違いない。その気になった時は自分で処理できるように、バイブレーターだって靴箱にしまってある。でも、ブレイデンと会ってから、欲望を覚えてばかりだ。ちょっと出かけて一夜の情事の相手を見つけようかという考えが頭をよぎることも時々あった。

もちろん、忘れてはいない。見たこともないベッドで見知らぬ男性たちに挟まれた状態で目が覚め、何があったのかまったくわからなかった時、どんな気持ちになったかを。

それを思い出すと、一夜の情事という考えはたちまち消えてしまう。

ただ……こんな風に誰かに惹かれる気持ちが理解できないだけ。ほとんど知りもしない相手なのに。

玄関のドアがバタンと閉まった音が聞こえ、はっとして我に返った。自分には水を注ぎ、エリーには紅茶を淹れ始める。

「ただいまあー」エリーは楽しそうで上機嫌な声をあげながらキッチンに入ってきた。中華料理の匂いをかぎ、わたしのお腹が続けざまに鳴る。「今日はどうだった？」エリーがテーブルに料理をどんと置く。わたしはすぐさま手を貸して中身を出し始めた。

「悪くなかった」エビせんべいをかじりながら呟いた。

ようやく向かい合って座って落ち着くと、エリーは心配そうな視線を向けた。「大丈夫なの？」

ううん、大丈夫じゃないわよ。ジムに行ったら、大勢の知らない人の前でパニック発作を起こしてしまったの。ああ、それに、あなたの軽薄なろくでなしのお兄さんがわたしの頭から消えないし、性的な妄想を掻《か》き立てられるのよ。なんだかムラムラして、苛ついてる。それが気に入らないわ。「創作上の行き詰まり《ライターズ・ブロック》という奴よ」

「うわあ、大変ね。わたしは研究の論文を書いてる時に似たようなものを経験しただけよ。小説を書いててそうなったら、どれほどひどいか想像もつかない」

「苛々するどころじゃないわね」

しばらく無言で食事した。エリーが緊張した様子なのに気づいて好奇心に駆られた。

「あなたはいい一日だったの？」

エリーは微笑し、中華風カレーを一口食べた。それを飲み込んでから首を縦に振った。

「大学院生のプレッシャーというものを感じ始めてる」

「ああ、学生生活の喜びってわけね」

エリーは小声で同意し、たっぷり一分間はじっとテーブルを睨んだ後、こう尋ねた。

「それで……こないだの晩、アダムのことをどう思った？」

出し抜けの質問だったし、紛れもなくエリーははにかんでいた。やっぱりね。何かありそうだと思ってたもの。「わからない。アダムとまともに話すチャンスさえなかったから。でも、キュートよね。親しみが持てそうだし」

エリーの顔に夢見るような表情が浮かんだ。ウソでしょ。夢見るような表情だなんて。こんな顔は映画の中でしか見たことない。その女の子はすっかりのぼせ上がっていたっけ。

「アダムは最高よ。彼とブレイデンはずっと友達なの。高校でわたしのボーイフレンドたちをブレイデンがびびらせない時は、アダムがびびらせてたわ」エリーは顔を真っ赤にして頭を振った。「子供の頃、わたしはアダムの後をどこへでもついていったものよ」

なぜかわからないけれど、つい尋ねてしまった――「あなたたちはつき合ってるの？」

エリーはぎくりとしてわたしに目を向けた。「ううん。どうして？　そんな風に見えたの？」

ふうん。しちゃいけない質問だったようね。「ちょっとね」

「つき合ってない」エリーは激しく首を横に振った。「わたしたちはただの友達よ。とにかく、アダムは相当な遊び人だって、ブレイデンからいつも聞かされてる。絶対に身を落ち着けないの。それに、アダムはわたしにとって兄みたいな人だから、何もないの……つまり……それ以上のことなんかね……」嘘だと見え見えの調子で声が尻すぼみに消えた。

とりあえず一つわかったことがある。エリーの嘘に騙《だま》される心配はないということ。これっぽっちも嘘がつけない人なのだ。「わかった」

「それで、あなたは誰かとつき合ってるの？」

しまった。わたしの失敗だ。質問なんかしてしまったから。「いえ。あなたは？」

「全然」エリーはため息をついた。「この前、彼氏がいたのはいつ？」

セックスした相手は、彼氏ってことになる？　わたしは肩をすくめた。「あなたはいつよ？」

エリーは唇を尖《とが》らせ、みるみる険しくなった目にまつ毛を伏せた。どこからともなく、守ってあげたいという激しい気持ちが押し寄せ、わたしはひどく驚いた。「エリー？」

「九カ月前」

そのろくでなし野郎はあなたに何をしたのよ？　「何があったの？」

「わたしたちは五カ月間つき合ったの。彼はグラスゴーの人材派遣会社に勤めていると話してたわ。でも本当は、ここエディンバラの、ブレイデンの会社のライバルである土地開発会社の社員だった。その会社はコマーシャル・キーの最高の土地の入札をブレイデンと競っていた。彼がわたしを利用してブレイデンに近づいただけだということがわかったの。ブレイデンがどれくらいの入札価格をつけるか突き止めて、自分の会社が入札で勝てるようにね。交際はひどい結末に終わったと言えば充分でしょう。結局、彼は鼻を折られ、ブレイデンは土地を手に入れたってわけ」

わたしは片方の眉を上げ、そのろくでなしに教訓を与えたブレイデンに心の中で快哉《かいさい》を叫んだ。「ブレイデンがそいつを殴ったの？」

「ううん」エリーは首を横に振った。「ブレイデンは喧嘩をしないの。ずっと喧嘩なんかしてないわ。あいつを叩きのめしたのはアダムよ」

わたしはエリーににやりと笑った。「わたしは暴力を許す主義じゃないけど……でかしたぞ、アダムってとこね」

エリーは声をあげて笑い、真面目な顔になった。「わたしが騙されやすいせいでブレイデンの仕事に問題が起きなくて良かったというだけよ」

ブレイデンが心配したのはそんなことじゃなかったに違いない。なぜ、そうだとわかったかは疑問だけれど、わたしは確信していた。二人を見れば誰でも、エリーがブレイデンにとって大切な人だとわかる。「土地の獲得のために、それほどの手間をかけてそんなにひどいことをする人がいるなんて信じられない」

「コマーシャル・キーは本当に有望なところなの。ミシュランの星を獲得したレストランに、美容整形外科、お洒落なカクテルバー……ブレイデンはそこに豪勢なフラットを建設しているところよ。ペントハウスはどれも五十万ポンドから百万ポンドの間で売れるでしょうね。相当な利益をあげるはずよ」

エリーのように愛らしい人を薄汚い利益のために利用する人間がいるなんて、と気分が悪くなった。「最低の野郎どもね」

その通りね、とばかりにエリーは紅茶のマグをわたしに上げて見せた。

しばらく無言で料理を食べてからエリーは咳払いした。「さっき、あなたの部屋にご家族の写真がいくつかあるのを見たわ。ねえ、居間でもどこでも好きな場所に写真を飾っていいのよ。ここはあなたの家でもあるんだから」

家族の話を持ち出されて体が強張った。再びパニック発作が起きた不安からまだ回復していない。「このままでかまわないわ」

返事の代わりにエリーのため息が聞こえ、わたしは身構えた。「ご家族の話を全然しないのね」

もう話す時が来たのだろうか？　リアンの場合、打ち明けたのは出会ってから六週間後だった。胃がむかつき、皿を押しやって座り直し、心配そうなエリーの目を見つめた。わたしたちはルームメイトになったのだし、うまくやっている――性格がまったく違うことを考えれば、驚くほどうまく――のだから、そろそろ腹を割って話す頃合いだろう。

「わたしの家族は亡くなったのよ」感情を込めずに話した。悲しみも表さず、涙も流さずに。頬がさっと青ざめた以外、エリーの反応はなかった。「家族のことは話したくないの。絶対に」

何を期待していたのかはわからない。エリーがあまりにも率直で親切だから、わたしのガードを崩そうとするのではと思っていたのかも。でも、また彼女に驚かされた。

「わかったわ」エリーは答えた。哀れみの表情を浮かべまいと必死になっているのがわかる。

「それならいいわよ」安心させるように優しくほほえむと、エリーもそれに応え、肩の力を抜いた。

ややあってからエリーは小声で言った。「あのね、あなたってちょっと近寄りがたいところがあるの」

わたしは弁解がましく唇を歪めた。「わかってる。ごめんね」

「いいの。ブレイデンで慣れてるから」

まるで自分が話題になっているのが聞こえたかのように、エリーの携帯電話が鳴って画面にブレイデンの名が現れた。彼女はすぐさま電話に出たけれど、いつもほどの元気はなかった。わたしの家族はもういないと聞かされ、気分が沈んだのだろう。


なぜそんなことになったのかわからないけれど、エリーに説得されて一緒に出かける羽目になってしまった。エリーの手持ちの服から借りたドレスを着て、わたしは彼女やブレイデンの友人をまじまじと見ていた。ジョージ四世橋沿いのバーの低いコーヒーテーブルを囲んだソファに全員が座っている。二時間前、電話を掛けてきたブレイデンがみんなで会おうと言い出したのだ。当たり前だけど、わたしは一時間前に出かける用意ができていた。でもエリーの準備ができるまでは際限なく時間がかかり、アダムに向けた彼女の微笑を見て、その理由がわかり始めた。

「みなさん、こちらはわたしの新しいルームメイトのジョスリンよ」エリーはわたしの方を見た。「ジョスリン、こちらはジェンナとエド」

ここまで来るタクシーの中で簡単に話は聞いていた。ブロンドで奇抜な眼鏡をかけ、ダイヤの婚約指輪をはめたキュートなジェンナはエリーの親友で、やはり博士課程の学生だった。ブロンドを短く刈った、風変わりな感じだけどお洒落なエドはジェンナの婚約者だ。

「アダムとブレイデンにはもう会ったわよね」ブレイデンにくっついている女性を見て、エリーは少し微笑を引っ込めた。真っ白と言っていいほどの肌をして髪はブロンド、大きな青い目と長い手脚を持ち、ぽってりした肉厚の唇の女性だ。「で、こちらはホリー。ブレイデンの彼女よ」

エリーが彼女を嫌っていたことをたちどころに思い出した。嘲《あざけ》りの視線をエリーに向けるホリーを見れば、どちらも相手に好意を持っていないことは一目瞭然だ。わたしはみんなに挨拶し、ブレイデンの視線を避けた。彼とホリーがすぐ近くにいるせいで激しく飛び跳ねる心臓を無視しながら。

ホリーがジョーみたいなタイプだってことに、がっかりなんかしないわ。あらゆる点で彼女がわたしと正反対だということになんか。

エリーが急いで飲み物を注文しに行った間にジェンナの横に腰を下ろしながら、わたしは右側にいるカップル以外のところに目を向けようとした。

「で、そろそろ落ち着いたのかい、ジョスリン？」テーブルの向こう側からアダムが尋ねた。

感謝の気持ちでにっこりと笑った。「ええ、おかげさまで。それから、ジョスと呼んで」

「じゃあ、きみとエリーはうまくやってるんだね？」

アダムの口調から、それが単なる社交辞令の質問でないことがうかがえた。エリーのことを案じているのだ。エリーの気持ちは報われるかもしれないとわたしは思った。「わたしたちはとってもうまくやってるわ。エリーはすごくいい人だから」

アダムは答えが気に入ったようだった。「良かった、うれしいよ。そうそう、エリーから聞いたけど、きみは本を書いてるんだってね？」

「あら、まあ」ホリーがハスキーな英国風のアクセントで口を挟んだ。あまりにも品のいいアクセントが気に入らない。「話したかしら、ベイブ、わたしの友達のシェリーが本を出したってことを？」

ブレイデンは首を横に振り、わたしの顔に視線を向けた。素早く目を逸らし、このシェリーとかいう謎の人物の話題に興味を引かれた振りをした。

「シェリーは故郷にいた時からの親友なの」ホリーがみんなに説明し始めた時、エリーが飲み物を持って戻ってきた。わたしは席を詰めて隣にエリーを座らせた。「シェリーは素晴らしい本を何冊も書いてるのよ」

「どんな本なの？」エリーが礼儀正しく訊いた。ちらとジェンナを見やると、彼女とエリーは視線を交わしている。どうやらホリーは女の子たちに好かれているとはとても言えないらしい。

「あら、とにかく面白いものばかりなのよ。救貧院《プアハウス》の出の女性がビジネスマンと恋に落ちるんだけれど、彼はそう、昔ながらの英国貴族の称号を持ってるとかってことで……伯爵とかなんとかのね。とってもロマンチックなの。彼女の小説はとにかく面白いのよ。なんてったって面白いの」

ふうん。面白いに違いないわね。

「じゃ、それは歴史小説なのかい？」エドが尋ねた。

「いえ」ホリーは当惑顔で首を横に振った。

「ホリー」――ブレイデンは笑うまいとしているようだった――「もう、プアハウスなんてものは存在しないんだ。それが歴史ものじゃないことは確かかい？」

「そうね、シェリーは歴史ものだなんて言ってなかったわ」

「だったら、きみの言う通りに違いないよ」アダムが愛想良く言った。彼の答えを聞き、隣にいるエリーの肩が嫌悪を込めた皮肉な思いで震えたのがわかった。わたしはブレイデンにだけは視線を向けまいとした。

「ジェンナ、ウェディングドレスの一回目の試着はいつだっけ？」エリーはわたしの隣にいるジェンナを見て尋ねた。

ジェンナは悪戯っぽく笑った。「ああ、もうすぐよ。ママの家に出入り禁止にされちゃった。クローゼットに入り浸って、ウェディングドレスを見てばっかりだからって」

「へえ、そうなの？」わたしは親しげな態度を取ろうとしながら尋ねた。「結婚式はいつ？」

「五カ月後だよ」エドが答え、愛情を込めた微笑をジェンナに向けた。

うわあ。臆面もなく感情をさらけ出せる男性もいるのね。心が和むような笑顔だった。母にほほえみかけていた父の面影が不意に脳裏をよぎる。飲み物を飲み、断固としてその記憶を押しやった。

隣のエリーは興奮した声をあげた。「ジェンナのドレスをぜひ見るべきよ。わたしたちはこれから――」

「ねえ、ベイブ」またホリーが割り込んだ。「リサが十月に結婚するって話したかしら？　結婚するにはタイミングが悪い季節だとわたしは忠告したんだけど、リサはどうしても秋に結婚式を挙げたいと言い張って。そんなのって聞いたことある？　とにかく、オーバンとかいうところにある、隙間風の入るような、なんとかっていうお城でやるんですって。だから、わたしたちは宿の手配をしなければならないわ」

「バーカルジン城だな」ブレイデンはうなずいた。「こぢんまりとした、いい場所だ」

「夏ならいいかもしれないけど、十月はだめよ」

それから一時間、ずっとこんな調子だった。誰かが話題を出す度、ホリーが主導権を握り、彼女の大声は混雑したバーの騒音を圧した。ホリーを嫌うのはわけもなかったし、エリーが彼女に我慢できない理由はたちどころにわかった。ホリーはやかましくて不愉快で、自分のことしか頭になかった。さらに悪いことに、わたしはホリーへの反応をブレイデンに観察されていると感じた。わたしがどう思うかなんて、なぜ彼が気にするの？

最初は魅力的だと思ったけど、今では大嫌いになったホリーの声から少し離れたかったので、次の飲み物はわたしが奢《おご》ることにした。バーテンダーに注文を伝えながらバーカウンターでリラックスし、静けさを楽しんだ――建物の奥にある、壁と通路を挟んだカウンターまではホリーの声も聞こえてこない。

でも、彼がわたしの後をついてこなきゃならないわけなんて、あったの？

バーカウンターにもたれたブレイデンの体がくっつき、体の右側がかっと熱くなった。コロンの香りに鼻をくすぐられ、またしても胸がざわめく。

「じゃ……きみは作家なのかい？」わたしを見下ろしながらブレイデンが尋ねた。セックスの響きがこもらない声でブレイデンが質問したのは初めてだった。彼を見上げ、淡い色の瞳に心からの好奇心が浮かんでいるのに気づいて面食らった。わたしはやや自嘲気味にはにかんだ。まだ作家じゃないんだもの。「なろうとしているところよ」

「どんなものを書いているんだ？」

母のことが思い浮かんだけど、深く息を吸ってその考えを押しやった。「ファンタジー」

意外な返事だとばかりにブレイデンは眉をかすかにひそめた。「なぜ、ファンタジーを？」

答える前にバーテンダーが飲み物の合計金額を告げた。でも、わたしが財布に手も伸ばさないうちに、ブレイデンがお金をバーテンダーに渡してしまった。「わたしが払うわ」そう言い張った。

とんでもないとばかりに、ブレイデンは手を振って言葉をしりぞけた。「それで？」お釣りを受け取りながら尋ねてくる。カウンターに飲み物が載っていたけれど、ブレイデンが急いでテーブルに戻ろうとする気配はなかった。

わたしはため息をついた。早く答えた方が、早くブレイデンから離れられる。「なぜって、ファンタジーなら、現実が権力を持たないからよ。わたしの想像力がすべてを支配するの」言葉が口をついて出たとたん、後悔した。抜け目のない人なら、言外の意味をくみ取ってしまうだろう。そしてブレイデンは抜け目のない人なのだ。

視線が合い、彼が意味を理解したことが、無言のうちにわかった。ようやくブレイデンはうなずいた。「それが魅力だというのはわかるよ」

「そうね」わたしは視線を逸らした。素っ裸にされているような目でブレイデンに見られるだけでもひどい。なのに、心までむき出しにされるなんて。

「きみとエリーがうまくやっててくれてうれしいよ」

「エリーを守ろうとしてずいぶん頑張ってるのね？」

「それは控え目な言い方だな」

「どうして、そんなことするの？　エリーはあなたが思ってるよりもずっと強い人に見えるけど」

ブレイデンは考えるように眉をしかめた。「エリーが強いかどうかの問題じゃないんだ。もしかしたら、外見や話し方から、あいつがもろそうだと思い込む人間もいるだろう。そうじゃないとぼくにはわかっている。エリーはひどい目に遭っても、ぼくの知っている誰よりも見事に立ち直る。だが、そういうことじゃないんだ。そもそもエリーがひどい目に遭わないようにしてやりたい。あいつは自分のためにならないほどお人好しだし、思いやりがある振りをした人々にあまりにも度々傷つけられてきたからな」

彼の役割はうらやましいものとは言えなかった。「そうね、わかるわ。エリーはとても率直な人だもの」

「きみとは違う」

その感想にぎくりとし、警戒の目でブレイデンを見上げた。「どういうこと？」

ブレイデンはわたしの内面にまで入り込もうという風に、探るような眼差しでまじまじと見つめていた。わたしが一歩後ずさると、彼が距離を詰める。「エリーから、きみについて聞くべきことは聞いた。それに、ぼくといる時のきみの反応。自分のことを何もさらけ出そうとしない」

放っておいてよ。「そっちだって同じでしょう。わたしはあなたについて何も知らない」

「ぼくを知るのはさほど大変じゃないよ」ブレイデンは笑みをちらっと浮かべた。「だが、きみは……話を逸らして冷静さを保つきみの技は芸術の域に達しているらしい」

わたしを分析しないで。目をくるりと回した。「あなたに布巾を投げつけたのが、わたしの冷静さの一例だというわけ？」

ブレイデンは笑い出し、深みのある声がわたしの背筋を伝わって響いた。「そうだな」それからまた例の目つきで見つめた——長くて男らしい彼の指がわたしのパンティの中に滑り込んでくるかのように感じさせる目。「今夜のきみはきれいだよ」

お世辞を言われ、密かに赤面した。表面上は薄笑いを浮かべて見せたけど。「あなたの彼女もきれいよ」

当てつけがましい言い方にブレイデンは大きなため息をつき、カウンターからグラスをいくつか取り上げた。「別に何か意味があって言ったわけではないよ、ジョスリン。ただの褒め言葉だ」

いいえ、違う。あなたはわたしとゲームをしてるのよ。わたしたちがしょっちゅう顔を合わせることになるなら、こんなゲームはやめて。「そう？　あなたって、誰にでもこういう喋り方をするの？」

「こういう、とはどんな感じのことだ？」

「目でわたしを裸にしてるみたいな感じのことよ」

ブレイデンはにやりと笑い、その目が熱を帯びてきらめいた。「いや。だが、誰の裸でも見たことがあるわけではないからな」

わたしは苛立って首を横に振った。「どういうことだかわかってるくせに」

あやうく飛び上がりそうになった。ブレイデンが身を屈めてそっと囁いたため、温かな息に耳をくすぐられたのだ。「きみから引き出せる反応が気に入ってるんだ」

後ずさった。じゃ、わたしは挑戦し甲斐のある相手なの？　へえ、なるほどね。「もうやめて。あなたはエリーのお兄さんだし、わたしたちはお互いに会う機会があるでしょう。だから居心地の悪い思いをさせないでくれるといいんだけど」

ブレイデンは眉間に皺を寄せた。「居心地の悪い思いはさせたくない」またしても視線がわたしの体を這う。でも、今度はわたしも感情を表に出さなかった。彼は深くため息をつき、うなずいた。「わかった。ああ、謝るよ。きみとはうまくやっていきたい。きみが気に入っている。エリーもきみが好きだ。友達になりたい。これからは口説くような真似はやめるし、全裸のきみがどんなだったかを忘れるように真剣に努力するよ」

ブレイデンは飲み物をカウンターに置き、握手しようと手を差し出した。彼の目に浮かんだ表情はこれまでのものと違っていた。懇願するような少年っぽいもので、実に魅力的。そんな表情を信用する気はなかったけど、わたしは思わず頭を振ってほほえみながら、手を伸ばして彼の手を握った。指がブレイデンの手のひらに滑り込むなり、腕の毛が逆立った。

誰かに触れたとたんに惹きつけられ、まるで火花が散ったように感じるなんて、ロマンス小説かハリウッド映画の中だけの神話みたいなものだと思っていた。

でも、そうじゃなかった。

二人の目が合い、わたしの腕はたちまち熱くなった。両脚の間の疼《うず》きが激しくなり、体の中で欲望が呻き声をあげている。ブレイデンしか目に入らず、彼の匂いしか感じられない。あまりにも近くにいるため、ブレイデンの硬い下腹部がわたしの体に押し当てられているような気がした。その瞬間、わたしはブレイデンを女性用トイレへ引っ張り込み、壁を背にして激しくファックされることを何よりも望んでいた。

握っているブレイデンの手に力がこもり、淡い色の目が濃さを増す。わかってしまった……彼もわたしを求めていることが。「いいだろう」ブレイデンは呟くように言った。危険な表情を浮かべて身を乗り出す彼の息が言葉と共に口にかかった。二人の距離が近すぎる。「ぼくにはできる。何もないという芝居をきみができるなら、ぼくにだってできるよ」

わたしはいきなり手を引き抜き、震えを抑えながら残りの飲み物のグラスを取ろうとした。ブレイデンはあの壊滅的な握手をしようと手を出した時に置いた数個のグラスを取り上げた。彼の言う通りだということが腹立たしい。わたしたちが互いに惹かれ合う力は核爆発並みだった。こんなことは初めて。

だからブレイデン・カーマイケルはわたしにとって途方もなく危険な相手なのだ。なんでもないという振りをするしかない。無造作にほほえんだ。「芝居なんかしてないわ」ブレイデンが答える前にその場を離れた。壁があるおかげで、みんなのいるテーブルからこちらが見えないことがありがたかった。さっきの一幕を誰かに観察されていたら、恥ずかしかっただろう。

ブレイデンは飲み物を手渡しながらホリーの隣に腰を下ろし、アダムにも飲み物を渡した。束の間、ブレイデンとわたしの目が合った。彼は嘲るような礼儀正しい微笑を向け、椅子にもたれてホリーの椅子の背に腕を回した。彼女はブレイデンに笑いかけ、爪にマニキュアを施した手を親しげに彼の太腿に乗せた。

「ベイブ、ちょうど今エリーに話してたんだけど、ネットでグッチのドレスを見たの。それを試着しにグラスゴーへ連れていってくれないかしら。きっとあのドレス、あなたも気に入るわ。値段に見合うだけの価値があるものよ」ホリーはつけまつ毛を盛んにパタパタさせた。

ブレイデンの金に見合うだけの価値があるという意味だと、誰にも説明されなくてもわかった。

わたしはうんざりし、飲み物をあおって彼女たちを無視しようとした。あいにく、ホリーは無視されるのを嫌がった。

「ねえ、ジョッシュ、どうしてあのゴージャスなフラットにエリーと住む余裕があるの？」

みんなの視線が一斉にわたしに注がれる。「実のところ、わたしはジョスよ」

ホリーは肩をすくめ、疑わしいという風に目を細めて微笑した。不意に、ブレイデンとわたしが交わした視線に気づかれたのではないかと思った。

最悪。

「それで？」ホリーは畳みかけた。ちょっと陰険な感じ。

そうよ。ホリーはわたしたちの目が合ったことを知ったに違いない。

「両親がね」わたしはまた飲み物をぐいっと飲み、ジェンナの方を向いてスコットランドの旅行業界での非常勤の仕事について尋ねようとした。

わたしの質問をホリーの声が遮《さえぎ》った。「〝両親が〟って、どういう意味なのかしら？」

黙んなさいったら、そこの女！　苛立ちを隠してホリーを見た。「両親のお金ってことよ」

「あら」突然、悪臭をかいだと言わんばかりに、ホリーは鼻に皺を寄せた。「親のすねをかじってるってこと？　その年で？」

まったくもう。また飲み物を飲み、警告の意を込めてホリーに笑いかけた。こんなゲームをわたしとするのはやめるのね、ホリーちゃん。あなたに勝ち目はないわ。

ホリーは警告を気にも留めなかった。「じゃ、ご両親がすべて払っているの？　そんなことさせて、あなたは罪悪感を覚えないのかしら？」

来る日も来る日も罪悪感に悩まされてるわ。「そのルブタンの靴はあなたのお金で買ったの？　それともブレイデンのお金で？」

エリーは笑いの発作で息が詰まりそうになり、あわてて飲み物を飲んで声を抑えた。わたしは介抱する振りをしてエリーの背中を軽く叩いた。また視線をホリーに向けると、髪の生え際まで顔を赤くしてこちらを睨んでいる。

痛いところを突くことができたみたいね。質問を逸らしてやった。わがままな性悪女に分際《ぶんざい》をわからせてやれたわ。

「それで、スターリング城では結婚式が挙げられるのよね？」わたしはジェンナの方を向き、さっきの会話を続けた。「一度だけ行ったことがあるけど、きれいなところだったわ……」

5

二日後の夜、わたしがジムでの激しいエクササイズ後にバスタブに浸かっていると、エリーの歓声が聞こえた。ドアに向かって片方の眉を上げる。二秒後、思った通り、ドアにノックがあった。

「入ってもいい？」エリーが笑いを含んだ声で尋ねた。

どんなニュースにせよ、知らせるのが待ち切れないらしい。ちらと見下ろし、全身が泡で隠れていることを確かめた。「いいわよ」わたしは答えた。

ドアがそっと開き、エリーは両手に一つずつグラスを持ち、満足そうな表情を浮かべてそろそろと入ってきた。差し出されたグラスを取り、わたしはエリーの楽しそうな気分につられてにやりと笑った。「一体どうしたの？」

「それがね」――エリーの顔が輝く――「悲惨な半年間が終わったの。ようやくブレイデンがホリーを捨てたのよ」

わたしはグラスに突っ込んだ鼻を鳴らした。知らせを聞いて胸がどきんとしたのを無視しながら。「それがわくわくするニュースってこと？」

何、変なこと言ってるの、とばかりにエリーがまじまじと見る。「もちろんよ。こんなにいいニュース、久しぶり。ホリーは最悪だったもの。たぶんね、先日のバーでの夜がとどめだったと思う。ブレイデンはホリーのせいでばつが悪いみたいだったわ。自分勝手で二枚舌で、業突く張りのあの不愉快女をそろそろ捨てる頃だったのよ」

うなずいて同意を示した。ブレイデンからあからさまに口説かれたことを考えながら。

「そうね。とにかく、ブレイデンはホリーを裏切るとか、そういった類のことにけりをつけたかったんでしょう」

たちまちエリーは微笑を引っ込め、わたしを睨みつけた。その反応に、わたしは眉を上げた。「ブレイデンは誰かを裏切ったことなんかないわ」

どうやらエリーは、兄が水の上を歩くこともできると本気で思ってるみたい。わたしは皮肉な笑みを浮かべて首を傾げた。おそらく相手を見下した、殴られても仕方ないような嫌な表情だっただろう。「勘弁して、エリー。ブレイデンは動くものなら何とでもいちゃつくような男よ」

エリーは束の間わたしをまじまじと見た後、タイル張りの壁に背中をもたせかけた。湯気で壁が湿り、シャツの背中が濡れたはずだけど、気づいてもいないようだ。兄を悪く言われ、お祝い気分は明らかに消えたらしい。「ブレイデンについて知っておいてほしいことが一つあるの。ブレイデンは絶対に浮気なんかしない。もちろん、完璧な人じゃないことはわたしもわかってる。でも、誰にも残酷な態度や不正直な行動を取らないということは言わせて。つき合ってるうちに相手への関心が薄れて別の人に心が移った時はいつでも、ブレイデンは正直に打ち明けて別れてから、新しい交際を始めるのよ。ブレイデンの態度が全然ひどくないとは言わないけど、少なくとも正直なのは間違いない」

エリーのあまりにも確信ありげな様子に好奇心をそそられ、わたしはワインをすすってから尋ねた。「ブレイデンは誰かに裏切られたことがあるの？」

エリーは悲しそうな微笑を浮かべてわたしを見た。「わたしから話すわけにはいかないの」

わあ。エリーが口を閉ざすところからすると、ブレイデンはその経験でかなり傷ついたに違いないわね。

「ブレイデンは交際相手を次々と変える、とだけ言っておくわ。一度に一人としかつき合わないのは確かだけど、一つの関係が長続きはしないの。ホリーとのつき合いは一番長く続いたわね。たぶんホリーがしょっちゅう南の方へ旅してたからだと思うけど」そしてエリーはからかいを込めた、わかっているわ、と言うような目でわたしを見た。「今度はどんな女性がブレイデンの興味を引いたのかしらね」

慎重な視線をエリーに向けた。エリーは知ってるの？　わたしたちの間に散った火花を目撃したとか？

「それに、その女性がとうとうノックアウトしてくれるんじゃないかなと思ってるんだけど。そろそろブレイデンは現実に目覚めるべきだもの」

わたしはしどろもどろに小声で答えた。エリーの考えがわたしの方を向くようなことを言って刺激したくない。

「入浴中に邪魔しちゃってごめんね」

「ううん、かまわない」ワイングラスをエリーに上げて見せた。「赤ワインを持ってきてくれたもの。良かったわ」

「浮気ってしたことある？」

ちょっと待って。なんでこんな質問になるの？

「どうかしら？」

これって、エリーの兄とつき合うかもしれない相手への面接とか？

心から真剣だとわかってもらえるようにまっすぐエリーの目を見て、これ以上ないほど正直に答えた。「この話題を執拗《しつよう》に追及されることはないと信じて。「浮気の問題が出るほど、誰かと親しくつき合ったことはないのよ」その答えにエリーはがっくりきたらしい。ブレイデンとわたしについて何やらロマンチックな考えを彼女が抱いていることが再確認できた。「わたしは交際なんかしないの、エリー。そんなことに巻き込まれた経験もない」

エリーはうなずいた。やや戸惑った表情が浮かんでいる。「そういう状態が変わるといいと思うわ」

そんなことはあり得ないのよ。「かもね」

「オーケイ。わたしは出ていくからお風呂を楽しんで。あ」エリーは立ち止まって振り返った。「うちの母はいつも日曜に、家族のための大がかりなローストディナーを用意するの。今度の日曜日、あなたも招待されたわ」

温かい風呂にいきなり冷気が降りてきて、わたしは身震いした。十四歳の時以来、家族の集まりというものに出たことがなかった。「あら、みなさんの邪魔はしたくないんだけど」

「邪魔だなんてはずない。ノーという答えは受け入れないからね」

わたしは弱々しくほほえみ、エリーが後ろ手にドアを閉めて出ていったとたん、グラスのワインを飲み干した。ワインが胃の中でむかつく。何か奇跡が起こって家族の集まりに行かなくても済むようにと祈った。

金曜の晩、わたしはバーの仕事に遅刻しかけていた。エリーが二人の夕食を作ろうと思い立ったものの、手の施しようがないほどの失敗に終わったのだ。結局、外食に出かけ、時が経つのも忘れて仕事についての話に熱中してしまった――エリーの研究とわたしの小説について。エリーは突然のひどい頭痛に襲われて寝るために帰宅し、わたしはバーへ急いだ。バーカウンターを通り過ぎながら、ごめんね、の意味を込めた視線をジョーに投げ、従業員室へ入っていった。私物をロッカーに突っ込んでいると、携帯電話が鳴った。

リアンだった。「ねえ、休憩の時に掛け直していい？　勤務時間に遅れてるの」

電話の向こうでリアンが鼻をすすっている。「わかった」

心臓が止まった。リアンが泣いている？　これまで一度も泣いたことなどなかったのに。わたしたちのどちらも泣いたりしなかったはず。「リアン、一体どうしたの？」耳の中に血がどくどくと流れる音がする。

「ジェイムズと別れたの」リアンの声がかすれ、わたしは言葉を失った。

リアンとジェイムズの関係は揺るぎないものだと思っていた。壊れるはずなどないと。なんてこと。

「何があったの？」まさか、ジェイムズが浮気したとか？

「彼にプロポーズされたの」

リアンの言葉をわたしが理解しようとする間、沈黙が訪れた。「オーケイ。プロポーズされて、彼を振ったというわけ？」

「当然よ」

何か見逃してる？　「よくわからないんだけど」

リアンは唸り声をあげた。まさしく唸ったのだ。「よりによってなぜ、あんたがわからないのよ、ジョス？　あんたに電話したのはどうしてだと思うの！　わかってくれるはずだと思ったからよ！」

「とにかくわからない。だからわめかないで」ぴしゃりと言った。ジェイムズのことを思うと、胸がずきずき痛む。彼はリアンに夢中だった。彼女はジェイムズの世界のすべてだったのだ。

「彼とは結婚できないのよ、ジョス。誰とも結婚なんてできない。結婚はすべてをぶち壊してしまうの」

不意に思い当たった。わたしたちは禁断の話題に触れようとしているのだ。リアンの両親が絡んでいる。彼女の両親が離婚したことはわかっていたけど、それ以外は知らなかった。ジェイムズを振るくらいだから、もっと根が深く、もっとひどい事情があるに違いない。「ジェイムズはあなたの父親とは違うのよ。あなただって両親とは違うし。ジェイムズはあなたを愛してるわ」

「まったくもう、なんなのよ、ジョス？　どこのどいつのせいで、あたしの友達はおかしな人になっちゃったのよ？」

わたしは口ごもった。もしかしたら、エリーといる時間が長すぎたのかもしれない。エリーの影響を受けているのかも。「あなたの言う通りね」そう呟いた。リアンはほっとしたようにため息をついた。「じゃ、あたしの行動は正しかったと思ってくれるわね」

「ううん」正直に答えた。「あなたは死ぬほど怯《おび》えてるんだと思う。でも、わたしだって同じだから、誰にもあなたの気持ちを変えられないことはわかる」

二人とも押し黙った。電話越しに互いの息遣いだけが聞こえ、結びついているのだと感じた。自分のほかにも感情が混乱した人間がいることに安堵しながら。

「今回のことを現実的に考えたの、リアン?」とうとう小声で訊いた。「つまり、ジェイムズがほかの人とつき合う可能性を考えてみた?」

はっと息をのむ音が電話の向こうから響いた。

リアンのことを思って胸が痛む。「リアン?」

「行かなくちゃ」リアンは電話を切った。泣くために電話を切ったのだと、なぜかわかってしまった。わたしたちはどんな時も絶対に泣かなかったのに。

深い物思いに沈みながら、携帯メールを打ってリアンに助言した。後悔するような行動を起こす前によく考えて、と。今度ばかりは、自分がこんなにどうしようもない人間でなければ良かったのにと思った。可能性というものの手本を示す、強くて、愛することを恐れない親友がリアンにいれば良かった。でもわたしは、リアンが理不尽な行動を取る上での口実となってしまう。彼女のためにならない人間だった。

「ジョス？」

わたしはクレイグをちらっと見上げた。「え？」

「ちょっと手伝ってほしいんだが」

「あら、もちろんよ」

「仕事の後で、素早く一発やる気はあるかい？」

「ないわよ、クレイグ」首を横に振り、クレイグの後から従業員室を出ていった。あまりにも落ち込んでいて、冗談を言い合う気にもなれなかった。

いつの間にか日曜が近づいていた。執筆とリアン――ずっとわたしの電話を避けていた――のことで頭が一杯だったし、ジェイムズに悩みを語られたらまたわたしの心にひびが入ってしまうのではないかということが怖すぎて、彼とは話ができなかった。そんなこんなで、エリーの家族とのディナーを避ける口実を思いつくチャンスなどまったくなかったのだ。

そういうわけで、エリーとタクシーに乗り込む羽目になった。暑い日の集まりにふさわしい、〈トップショップ〉のショートパンツと、きれいなオリーブグリーンのシルクのキャミソールというでたちで。タクシーはストックブリッジへ向かい、かっきり五分後、わたしたちが暮らしているのとそっくりなアパートメントの外で止まった。中に入ると、意外でもなかったけれど、ニコルズ家の内部もわたしたちのアパートメントと似かよっていた。広々とした部屋、高い天井。そしてこまごましたものが心地良く散らかったさまはエリーを思わせる。これでエリーの散らかし好きの性質が誰に似たのかわかった。

エロディ・ニコルズはわたしの両頰にまさしくフランス流にキスして挨拶した。エリーと同様に背が高く、優美な感じのきれいな人だった。なぜか、エロディがフランス風のアクセントで話すのではないかとわたしは思っていた。母は五歳の時にスコットランドへ移住したのよ、とエリーから聞いていたのに。

「エリーからあなたのことはいろいろと聞いているわ。あなたたちは親友になったそうね。うれしいわ。ルームメイトを募集するとエリーから知らされた時、わたしは少し心配していたの。でも、何もかもうまくいったのね」

なんだか十四歳に戻ったような気分だった。エロディはいかにも母親らしい口調で話す。「ええ、そうなんです」わたしは愛想良く答えた。「エリーはとてもいい人です」

にっこりしたエロディは年よりも二十歳は若く見えた。長女のエリーにそっくりだ。

それからクラークに紹介された。眼鏡をかけて優しそうな笑顔をした、黒髪であまり目立たないタイプの男性だった。「エリーから聞いたが、きみは作家だそうだね」

わたしはエリーに苦笑いをした。誰彼かまわず、わたしが作家だと吹聴《ふいちょう》しているらしい。「なろうとしているところです」

「どんなものを書くんだい?」ワインのグラスを手渡しながらクラークが尋ねた。

わたしたちは居間に集まり、エロディはキッチンで何かを点検していた。「ファンタジーです。ファンタジーのシリーズに取り組んでます」

眼鏡の奥のクラークの目が少し大きくなった。「わたしはファンタジー小説が大好きなんだ。そうだ、原稿を出版社へ送る前に読んで、問題をチェックしてあげよう」

「原稿を読んでくださるということですか?」

「ああ。良かったらということだが」

クラークが大学教授で答案を採点し慣れていることを思い出し、わたしはその申し出を密かに大喜びした。感謝の笑みを浮かべてクラークを見やる。「そうしていただけたら、最高です。心から感謝します。もっとも、まだ完成にはほど遠いんですが」

「とにかく、仕上がったら連絡してくれればいい」

にっこりした。「そうします。ありがとうございます」

この特別な家族のディナーをうまく切り抜けられるかもと考え始めた時、子供たちの笑い声が聞こえた。

「パパ！」男の子の声が廊下からこちらへ響いてきたかと思うと、本人が入り口に現れた。クラークに駆け寄りながら興奮で顔を輝かせている。エリーの十歳になる父親違いの弟、デクランだろう。「パパ、見て、ブレイデンが買ってくれたんだよ」デクランはニンテンドーDSとゲームソフトを二つ、クラークの顔の前に突き出した。

クラークは顔を綻ばせながら見やった。「おまえが欲しがってたものかな？」

「うん、一番新しい奴なんだ」

クラークは入り口の方を見上げながら、不賛成だと言わんばかりの舌打ちをわざとして見せた。「この子の誕生日は来週だ。きみはデクランを甘やかしてだめにしてしまうぞ」

わたしはぎくりとして振り返り、エリーのミニチュア版といった少女の肩に片手を置いて立つブレイデンを見たとたん、手のひらに汗が吹き出すのを感じた。ティーンエイジャーらしい少女はぴったりとブレイデンに寄り添っている。前髪がふさふさのショートヘアは子供とは思えないほどお洒落に整っていた。たぶんハンナだろう、ミニチュア版エリーから、わたしの視線はたちまち逸れた。ついブレイデンに目が行ってしまい、貪《むさぼ》るように眺めずにはいられない。

あまりにも魅力的な姿にぞくぞくした。

ブレイデンは黒のジーンズを穿き、グレイのTシャツを着ていた。カジュアルな服装の彼を見るのは初めて。逞しい上腕二頭筋と広い肩をじっくりと見るのも。両腿の間が疼き、あわてて目を逸らす。体にこんな反応を起こさせるブレイデンが腹立たしかった。

「わかっていますよ」ブレイデンは答えた。「でも、また忌々しいゲーム機のことをデックに延々と聞かされながら、日曜の午後を過ごしたくなかったんでね」

デクランはくすくす笑った。勝ち誇ったような視線をゲーム機に落とすと、父親の足元にぺたんと座り、スーパーマリオブラザーズのゲームをロードし始めた。

「あたしがもらったものを見て」ハンナはクレジットカードみたいなものを掲げた。まさか、カードじゃないわよね。

クラークは目をすがめてそれを見た。「何かな？」

ハンナの目が輝く。「ものすごい金額の図書カード」

「良かったわね」エリーは妹に手を差し伸べながらにやりと笑いかけた。「何を買うつもり？」

ハンナはエリーに突進し、ソファに腰を下ろして彼女の横にすり寄った。わたしの方に恥ずかしそうな笑顔を向けた後、エリーを見上げる。「新しいヴァンパイアのシリーズを買いたいの」

「ハンナは本の虫なんだ」説明するかすれ声が頭上で聞こえた。

振り返ると、ブレイデンはソファの横に立っていた。いかにも友人らしい微笑を浮かべてこっちを見下ろしている。態度の変化にいささか戸惑ったけど、わたしもほほえみ返した。「なるほどね」胸が激しくざわめき、密かにたじろいで彼から目を逸らした。ディナーにブレイデンも同席するなんて考えてもみなかった。家族の大事な一員だとエリーがはっきり言っていたのだから、現れるのは当然だったのに。

「ブレイデンにありがとうを言ったかな？」いきなりクラークが子供たちに尋ねたので、わたしはそっちに注意を向けて、隣の歩くセックスシンボルから離れた。

言ったよ、と子供二人はもごもごと答えた。

「ハンナ、デック、こちらはわたしのルームメイトのジョスよ」エリーが紹介してくれた。

わたしは二人に笑いかけた。

「ハイ」ハンナが手を小さく振る。あまりにも愛らしい姿に、きゅっと胸が締めつけられた。

「ヘイ」手を振り返した。

「ニンテンドー、好き？」デクランが尋ね、考え込むような目をして答えを待っている。デクランとうまくいくかいかないかは、わたしの答えしだいだろう。

「もちろん。マリオとは昔からのつき合いよ」

デクランは生意気な笑みを浮かべた。「お姉ちゃん、クールな話し方だね」

「あなたもね」

デクランはうれしかったみたいで、すぐさまゲームに戻った。彼のテストに合格したようだ。

クラークがデクランの頭を軽く叩いた。「こらこら、音が出ないようにするんだぞ」とたんにお馴染みのマリオのゲームの音が聞こえなくなり、わたしはこの子たちが気に入った。ブレイデンに甘やかされてるかもしれないし、この家を見れば、何不自由なく育った子供たちなのは明らかだけど、とても躾《しつけ》がいいらしい。エリーと同じように。

「ブレイデン！」うれしそうに相好《そうごう》を崩したエロディが部屋へぱたぱたと入ってきた。

「来ていたの、わからなかったわ」

ブレイデンはにっこりしてエロディを見下ろし、しっかりとハグした。

「クラークから飲み物はもらったの？」

「いや、でも、自分で取ってきます」

「とんでもない、わたしが取ってくるよ」クラークが立ち上がった。「ラガービールかな？」

「ああ、ありがとうございます。それがいい」

「座ってちょうだい」エロディはわたしの右側の肘掛け椅子にブレイデンを急いで座ら

せ、クラークは部屋から出ていった。エロディは椅子の肘掛けに腰を乗せ、ブレイデンの額からほつれ毛を払ってやった。「元気だったの？ ホリーと別れたって聞いたけれど」

母親に世話を焼かれることを好みそうなタイプに思えなかったけれど、ブレイデンは黙って座ったまま、エロディにかまわれるのを喜んでいるようだった。エロディの手を取り、愛情のこもった仕草で指の関節にキスする。「元気ですよ、エロディ。そろそろ別れる頃合いだったというだけです」

「そうなの」エロディは眉をひそめて答えた。それからわたしの存在を思い出したようにこちらを振り向いた。「ジョスには会ったことがあるのよね？」

ブレイデンはうなずいた。秘密めかした柔らかな笑みが口の端に浮かぶ。親しみやすいけど、性的な意味合いがこもらない微笑に、わたしは喜ぶべきかがっかりするべきかわからなかった。まったくもう、癪《しゃく》に障《さわ》るホルモンね。「ああ、ジョスリンとは会ったことがあります」

わたしはつい眉をしかめた。どうしてブレイデンはジョスリンと呼ぶことにこだわるの？

クラークが戻ってきたので、しかめっ面をやめた。会話が盛り上がる。わたしはみんなの質問に答えたり質問を返したりと、ベストを尽くした。とにかくエリーに感謝した。

エリーはわたしの両親のことを母親が尋ねかける度に助け船を出してくれ、わたしからエロディへとことともなげに質問の方向を変えた。おかげであからさまに失礼な態度を取らずに済み、安堵のため息をついた。自分がうまくやっていると思った。ブレイデンといかにも友達らしい、性的な意味はない冗談すら交わし合った。

それからみんなでダイニングルームへ移ってディナーを摂った。

テーブルに落ち着き、笑い声があがって話し声や物音が聞こえると、何か感じるものがあった。ポテトやそのほかの野菜、グレービーソースを各自で取り、エロディがたっぷりと皿に載せてくれたローストチキンを食べる。グレービーソースを料理にかけながら、みんなのお喋りを聞き、愛情あふれる態度や温かくてごく当たり前の家族の姿を見るうち、思い出が蘇ってきた……。

「ディナーにミッチとアーリーンを招待したわ」テーブルに食器類を追加しながらママが言った。わたしと一緒に宿題をやっていたドルーが夕食に招かれていて、パパは赤ちゃんのベスをハイチェアに座らせている。

パパはため息をついた。「チリをたっぷり作っておいて良かったよ――おそらくミッチが全部食っちまうだろう」

「礼儀正しくしてね」ママは軽く笑みを浮かべてたしなめた。「もうすぐ来るわ」

「ちょっと言ってみただけだよ。あいつはよく食うんだ」

わたしの隣でドルーがくすくす笑い、憧れの眼差しでパパを見やった。ドルーのパパは家を空けてばかりだったから、うちのパパが彼女にはスーパーマンみたいなものだった。

「それで、宿題は進んでいるの？」ママが尋ね、オレンジジュースを注いでくれた。

黙っててね、という微笑をドルーに向けた。ちっとも進んでいなかった。わたしたちはカイル・ラムジーやジュード・ジェフリーの噂をしていたのだ。「ジュード」を「ジューーード」みたいに言って、バカみたいにくすくす笑ってばかりだった。

ママはわたしの表情に気づいて鼻を鳴らした。「なるほどね」

「やあやあ、お隣さん！」陽気な大声が響き、ノックもせずに両開きの扉を開けてミッチとアーリーンが入ってくる。それでかまわなかった。大げさすぎるほど馴れ馴れしい彼らの態度にわたしたちは慣れていた。我が家から遠くない隣人と言えば、ミッチとアーリーンだけだったから。ママは二人の無遠慮な態度が気に入っていた。でも、パパは？　あまり好きじゃなかったみたい。

何度も挨拶が交わされた後――ミッチとアーリーンはハローを一度言うだけじゃ気が済まなかった――ようやくパパの評判のチリを囲んでキッチンのテーブルに落ち着いた。

「どうしてあなたは料理を作ってくれないのよ？」パパのチリを一口味わい、ちょっと場違いに聞こえる呻き声をあげてアーリーンが夫に文句を言った。

「おまえが頼まないからさ」

「サラはルークに頼む必要なんてないと思うけど。でしょう、サラ？」

ママは助けを求めるような視線をパパに向ける。「そうね……」

「やっぱりね、思った通りよ」

「パパ、ベスがジュースを落としちゃった」わたしは床の方に顎をしゃくった。

パパが一番近くにいたので、手を伸ばしてジュースの瓶を拾った。

「うちのパパは料理なんかしないわ」ドルーが口を挟んだ。アーリーンを宥めようとしている。

「ほらな？」チリを食べながらミッチがもぐもぐと呟く。「おれだけじゃないんだ」

アーリーンが顔をしかめた。「〝ほらな？〟って、どういう意味よ？　奥さんのために料理しない男がほかにいるから、あなたもわたしに作らなくていいみたいな言い方ね」

ミッチはチリを飲み込んだ。「わかったよ。作ってやるさ」

「料理はできるの？」ママが静かに尋ねる。パパがチリを喉に詰まらせた音が聞こえた。

わたしはオレンジジュースをごくりと飲み、くすくす笑いを隠した。

「いや」

テーブルを沈黙が覆い、わたしたちはお互いに目を見交わす。そしてみんながぷっと吹き出した。笑い声を聞いたベスが歓声をあげる。ちっちゃな手が当たってジュースの瓶がまた吹っ飛び、みんなの笑い声がいっそう大きくなって……。

その場面の後にクリスマスのディナーの場面が続いた。それから感謝祭の思い出が。

そしてわたしの十三歳の誕生日の時の……。

記憶が蘇ったせいでパニック発作が起きた。

最初は頭がぼーっとし、震え始めた手であわててグレービーソースの入れ物を下に置いた。顔の皮膚がピリピリし、冷たい汗が毛穴から滲《にじ》み出てくる。心臓が激しく打ち、今にも爆発しそうだ。胸が締めつけられ、呼吸しようと必死になった。

「ジョスリン？」

呼吸は浅くなり、胸が猛スピードで上下している。誰が言ったのかと、怯えた目で見回した。

ブレイデン。

彼はフォークを置き、テーブルに身を乗り出して、心配そうに眉間に皺を寄せていた。

「ジョスリン？」

ここから出なければならない。

空気を吸わなくちゃ。

「ジョスリン……くそっ」ブレイデンは呟いて椅子を引いて立ち上がり、テーブルを回り込んで助けに来ようとした。

でも、わたしは両手を突き出しながら急いで立ち上がり、彼を押しとどめた。何も言わずに身をひるがえして部屋から走り出ると、廊下を走ってバスルームに駆け込み、バタンとドアを閉めた。

震える両手で窓を押し開け、外気が流れ込んできて顔に当たると、救われた思いだった。生暖かい空気だったけれど。落ち着かなきゃだめだとわかってたから、ゆっくりと呼吸することに集中した。

ややあって体も心も落ち着きを取り戻し、ぐったりとトイレの便座にくずおれた。両手にも両脚にもまるで力が入らない。またしても疲労困憊《こんぱい》していた。二度目のパニック発作が起きたのだ。

まったく最高じゃないの。

「ジョスリン?」ドア越しにブレイデンのくぐもった声が聞こえた。

目を閉じ、どう説明しようかと考えた。恥ずかしさのあまり、頰が熱くなる。

パニック発作はもう克服したと思ってたのに。八年は経っている。とっくに発作が起きなくなっていていいはずだった。

ドアが開く音が聞こえ、はっとして目を開けた。心配そうな顔のブレイデンが入ってきてドアを閉めた。束の間、なぜエリーではなく彼が追ってきたのだろうかと思った。

何も言わずにいると、ブレイデンはさらに寄ってきて、二人の目が同じ高さになるまでゆっくりと腰を屈めた。魅力的な顔に視線を走らせ、今度ばかりは自分が決めた忌々しいルールを破りたくなった。誰ともつき合わない、よく知らない男との一夜の情事は禁止、というルールを。つまりブレイデンに関わってはいけないということになる。それが残念だ。だって、彼ならしばらくの間、すべてを忘れさせてくれそうだから。

永遠にも思える間、見つめ合っていた。一言も発しないで。わたしがパニック発作を起こしたことは誰にでも、とにかくテーブルにいた大人全員に明らかだったに違いないから、さんざん質問されるだろう。どういうわけかとみんな不思議がっているはずだ。あの場に戻りたくなかった。

「気分は良くなったかい？」ブレイデンはようやく静かな声で尋ねた。

ちょっと待って。それだけ？　あれこれ尋ねないの？

「うん」ううん、あんまり。

質問への答えをわたしの表情から読み取ったに違いない。というのも、ブレイデンは首を傾げ、考えるような眼差しになったからだ。「ぼくに話さなくてもいいよ」

乾いた笑みを向けた。「とんでもなくクレイジーな人間だと思われようとしてたのに」

ブレイデンはほほえみ返した。「そんなことはもうわかっていたよ」立ち上がって手を差し伸べる。「さあ、行こうか」

差し出された手に警戒の目を向けた。「帰った方がいいと思うんだけど」

「気が置けない友人たちとおいしい食事を続けた方がいいと思うよ」

エリーのことを考えた。どれほど温かく、わたしを自分のうちへ迎え入れてくれたかを。彼女の母親のディナーから逃げ帰ったら、侮辱することになるだろう。エリーを遠ざけてしまう行動は取りたくないと、いつしか思うようになっていた。

ためらいがちにブレイデンの手を取り、引っ張って立ち上がらせてもらった。「なんて言ったらいいの？」もうクールな態度を装う必要はなかった。彼はすでにわたしのもっとも無防備な姿を目にしている。二度も。

「何も言う必要はない」ブレイデンはきっぱりと言った。「誰にも何も説明しなくていい」優しい微笑だった。どっちの微笑の方が好きか、わたしは決めかねた——この微笑か、良からぬことを考えていそうな微笑か。

「わかった」深く息を吸い、ブレイデンに続いて外へ出た。ダイニングルームに着いてからようやく手を放してもらえた。彼の手の感触が消えて感じた物足りなさをわたしは認めまいとした。

「大丈夫なの、ハニー？」ダイニングルームに入ったとたん、エロディに尋ねられた。

「軽い日射病ですよ」なんともないとばかりにブレイデンはエロディに手を振った。

「彼女は今朝、日に当たりすぎたらしい」

「まあ」エロディは母親らしい懸念の表情でわたしを見た。「せめて日焼け止めを塗っていたならいいけれど」

うなずいて席に滑り込んだ。「帽子を被るのを忘れただけなんです」

また会話が始まってテーブルから緊張感が消えると、わたしは訝しそうにこちらを見たエリーの視線を無視し、感謝の笑みをブレイデンに向けた。

6

ディナーが終わる頃には、わたしももう少しリラックスしていた。家に帰ってしばらく一人きりになりたくてたまらなかったけれど。また急に昔のことが蘇ってこないように思い出の前に壁を立て、ニコルズ一家とのやり取りを楽しもうとした。難しいことではなかった。好意を持たずにはいられない人たちだったから。

一人になろうという計画は、ブレイデンとエリーに阻まれた。二人はアダムも誘って飲みに行くことにしていたのだ。抜けようとしたけれど、エリーが聞き入れなかった。どうやらわたしが家に帰ってくよくよ考え込んだりするかもと思ったらしい。

ニコルズ一家にお別れの挨拶をして、また伺いますとエロディに約束した後、わたしたちはタクシーをつかまえに行った。いったんアパートメントに帰り、わたしがバッグを持ってこられるように。携帯電話しか持ってこなかったのだけど、今夜は絶対に誰にも――たとえばブレイデンにも――奢ってもらうまいと心に決めていたのだ。ブレイデンに借りが少なければ少ないほどいい。

アパートメントにタクシーが止まった時、玄関前の階段に座った、長身で痩《や》せた人の姿が目に入り、わたしはぎくっとした。胸をどきどきさせながら真っ先にタクシーを飛び降りて駆け寄ると、それはジェイムズだった。彼は立ち上がったとたん、足元に置いたダッフルバッグにぶつかった。目に大きな隈《くま》ができ、顔はやつれて蒼白で、口の両端は苦悩と怒りで引き結ばれている。

「一つだけ教えてくれ。ぼくと別れろと彼女をそそのかしたのかい？」

向けられた激しい怒りに驚き、無言で首を横に振った。慎重に一歩、ジェイムズの方へ近づく。「ジェイムズ、違うわ」

ジェイムズは人差し指をわたしに突きつけ、苦々しげに口を歪めた。「きみたち二人はめちゃくちゃイカれてるじゃないか……今回のことにはきみが一枚嚙んでるに違いない」

「おい」ブレイデンがわたしの前に立ち塞がり、穏やかだけれど凄味がある口調でジェイムズに言った。「やめるんだ」

「ブレイデン、大丈夫よ」こちらを見守っているエリーに視線を向けた。目で彼女に懇願し、ブレイデンの方を指し示した。「二人で先に行ってて」

「いや、それは良くない」ブレイデンはかぶりを振り、ジェイムズに視線を据え続けている。

「お願い」

「ブレイデン」エリーは兄の肘を引っ張った。「さあ、行きましょ。ちょっと二人だけにしてあげましょうよ」

ブレイデンは苛立ちの表情を目に浮かべ、わたしの手から携帯電話を奪って操作し始めた。

「一体何を――」

ブレイデンはわたしの手に手を伸ばし、再び携帯電話を握らせた。「きみの電話にはもうぼくの番号が入っている。必要な時は電話してくれ。いいね？」

黙ってうなずいた。エリーが兄を引っ張って立ち去ると、手の中の電話をじっと見つめた。ブレイデンはわたしのことを気にかけてるの？　心配してくれてる？　肩越しにブレイデンを見やった。こんなことをしてくれた人がいたのはいつだったか、思い出せない。些細な行為かもしれないけれど……。

「ジョス？」

焦《じ》れったそうなジェイムズの声に我に返った。大きなため息をついた。ひどく疲れていたけれど、なんとかこのことに対処しなければならない。「さあ、中に入って」

コーヒーと共に居間に落ち着くとすぐに、本題に入った。「わたしがリアンに言ったのは、彼女が間違いを犯していると思うってこと。あなたと別れろなんてけしかけたことはない。リアンにとって、あなたと出会ったのは最高のことだもの」

ジェイムズは首を横に振った。黒い目はどんよりしている。「すまなかったよ、ジョス。さっきは悪かった。ぼくはただ……息もできないような感じだったんだ。まるで現実のことじゃないみたいに。わかるだろ？」

やるせない思いで身を乗り出し、ジェイムズの肩をさすって慰めた。「もしかしたらリアンの気持ちが変わるかもよ」

「あんなばかげたことをリアンはもう乗り越えたと思ってたよ」わたしが何も言わなかったかのようにジェイムズは言葉を続けた。「何もかも、あいつの親のせいなんだ――知ってるだろう？」

「いくらかはね。詳しくは知らない。そういったこと、わたしたちは話さないから」

ジェイムズは信じられないと言わんばかりにじろじろ見た。「きみたちは親友らしいけど、いい影響よりも悪い影響を与え合っているんじゃないかと思う時があるよ」

「ジェイムズ――」

「リアンの母親は夫を愛していた。リアンの父親は大人になり切れない、アルコール依存症のろくでなしだったが、あのひどい母親は娘よりもはるかに夫を愛してたんだ。彼は始終、リアンや妻を殴りつけていたが、リアンの母親は決して夫の元を離れようとしなかった。そのうち、彼は家を出ていって離婚を申し立てた。ほかの女を見つけたんだな。リアンの母親は娘を責めた。あんたはでき損ないで、しまいには父親みたいな人生を送るだろう、と。何年も彼女はリアンに、あんたは父親そっくりだ、きっと災難が待っていると言い続けた。で、リアンはそれを信じている。

彼女の母親が二度、自殺未遂をしたって知ってるかい？　身勝手なその最低女は自殺を図った自分を娘に見つけさせたんだ。二度もだぞ。今じゃリアンは、父親が母親にしたみたいな仕打ちを、自分がぼくにするに違いないと思ってる。リアンに道理を説いて聞かせられないんだ。あいつは酒も飲まないのに。何もかも、あいつの思い込みなんだ！　そんなことは乗り越えたとぼくは思ってたよ、ジョス。何年か前に状況が深刻になった時、こういうことをすべて話し合ったんだ。で、もうそんなことは終わったとぼくは思ってた。だからプロポーズしたんだ」ジェイムズは目に浮かんだ涙を隠そうと、俯《うつむ》いた。「こんなことが起こってるなんて信じられない」彼は苛立たしげにコーヒーテーブルを蹴ったけれど、わたしはまばたきもしなかった。

リアンのことを考えて、わたしの心はここにあらずだった。四年間も親友だったのに、なぜ、こんな事情を全然知らなかったのだろう？　思っていたよりもはるかにひどい。もちろん、リアンだってわたしの過去について何も知らない。不意に、ジェイムズの言う通りじゃないかと思った。そもそも相手の苦悩の原因を知らないのに、アドバイスなんてし合えるはずないわよね？

愛する女性を思って嘆くジェイムズを見ているうち、リアンはわたしよりずっとましな状況だと気づいた。彼女はジェイムズにすべてを打ち明けた。悩みを話してもいいほど信頼していたからだし、彼を通じて問題に向き合ってきた。少なくとも、向き合おうとはしてきた。

とにかく、それは正しい方向へ進むための大きな一歩だ。

「ジョス」今やジェイムズは懇願口調だった。「頼むからリアンに話してくれ。きみの話ならあいつも耳を傾ける。きみが一人でいても幸せなら、自分も大丈夫だろうとリアンは思ってるんだ」

幸せ？　わたしは幸せじゃないわ。ただ、安全なだけ。

どうしたらいいかわからず、大きなため息をついた。「ねえ、いたいだけここに泊まっていいわよ」

ジェイムズは不自然なほど長くわたしを見つめていた。表情は読み取れない。とうとう彼はうなずいた。「今夜、ソファにでも寝かせてもらえれば助かるよ。明日は実家へ行く。気持ちが落ち着くまでいるつもりだ」

「わかった」

その後はどちらも無言だった。クローゼットにあった毛布をソファに掛け、わたしの枕を一つ貸した。そばに寄る度、ジェイムズがわたしに失望していることがうかがえた。だから彼を居間に残して自室に引きこもった。

そしてエリーに電話した。

「ねえ、大丈夫なの？」エリーが尋ねた。どこのバーにいるかわからないけれど、エリーは驚くほど静かな通りに出たらしく、背後に聞こえていた音楽と騒音が消えた。

うううん、大丈夫じゃないの。全然、大丈夫なんかじゃない。「うん、問題ない。あなたが気にしないでくれるといいんだけど、今夜ソファに寝ていいってジェイムズに言ってしまったの。明日は実家へ行くそうよ」

「もちろん――何よ？」誰かに話しているのか、電話からエリーの口が遠ざかったようだ。「彼女は問題ないって。あの男の人はソファに寝ているらしいわ」

話している相手はブレイデン？

「ううん、大丈夫だって。ブレイデン、大丈夫なんだってば。あっち行って」電話口に戻ってきたエリーのため息が大きく響く。「ごめんね、ジョス。うん、かまわないわ。わたしが家に帰った方がいい？」

〝わたしが家に帰った方がいい？〟

わたしがいるのは家だってこと？　わたしはエリーを必要としているの？

エリーのことをあまり知らない。でも、ブレイデンと同じように、彼女はなぜかこちらの内面に入り込んでくる。いつになく感情をかき乱された一日に疲れ果てて、首を横に振った。「ううん、エリー、わたしは本当に大丈夫。そっちにいて。楽しんでね。ただ、帰ってきた時、ソファに見知らぬ男の人が寝てるってことだけ覚えてて」

「わかったわ」

エリーは渋々といった感じで電話を切り、わたしは壁を睨んでいた。動揺している。どうしてこんなに平静を失っているのだろう？　感情のコントロールが利かないのはなぜ？　こんなに怯えているわけは？

ダブリン・ストリートに移ったとたん、これほど短い間にいろんな変化が起こったのはなぜ？

あまりにも多くのことが変わったけれど、まだ充分じゃないのは明らかだった。わたしは相変わらず孤独だ。でも、それは自分が望んだこと。突然、気がついた。リアンはわたしとまったく違う人間なのだと。彼女は一人きりでは生きていけない。

リアンに電話を掛けた。

もう切ろうかと思った時、リアンが電話に出た。「もひもひ」

うわっ、ひどい声。「リアン？」

「一体なんなのよ、ジョス？　眠ってたのよ」

そうよね。ジェイムズと別れてから、リアンがずっとベッドで過ごしていただろうって想像できる。――いきなり彼女への怒りが込み上げた。「あなたがとんでもないばかだって言いたくて電話したのよ」

「え？」

「聞こえたでしょ。さあ、ジェイムズに電話して、自分が間違ってたって伝えるのよ」

「寝ぼけたこと言わないでよ、ジョス。あたしが一人でいた方がいいってこと、あんたは誰よりも知ってるでしょう。酔っぱらってんの？」

「違う。うちにいるわ。で、わたしのソファにあなたの彼が眠ってる」

リアンは息をのんだ。「ジェイムズがエディンバラに？」

「そう。彼はひどく落ち込んでる。何もかも話してくれたわよ。あなたの両親、とりわけお母さんのことを」返事を待ったけれど、リアンは言葉を失ったらしい。「リアン、なぜ、話してくれなかったの？」

「あんたこそ、なぜ、自分の親のことを話してくれないのよ？」リアンは反撃した。

込み上げてくる涙をまばたきして抑えようとしたけど、ベッドサイドテーブルに置いた両親の写真にぽたぽたと落ちた。「だって、両親はわたしが十四歳の時に妹と一緒に亡くなってしまって、話すようなことがないからよ」それが真実なのかどうか、わからなかった。実際、幾度かパニック発作が起きた後、何も話さないことが問題なのだろうかとずっと考え続けてきた。深く息を吸い、これまで誰にも話さなかったことをリアンに告げた。「家族が亡くなった時、わたしに残されたのは親友のドルーだけだった。一年後に彼女まで死んでしまって、わたしには誰もいなくなったの。天涯孤独だった。人生でもっとも感受性の強い時期のほとんどは、自分で自分の面倒を見てきたの。心配してて電話を掛けてきてくれる人や様子をうかがってくれる人なんていなかった。もしかして、わたしが受け入れたなら、そうしてくれる人もいたかもしれないけど。でも、自分でなんとかすることに慣れてしまったし、誰にも頼りたくない」

それからしばらく、わたしの心臓の音だけが聞こえていた。リアンが鼻をすする。

「あんたがあたしにこれほど正直になったのは初めてね」

「誰に対してもこれほど正直になったことはないわ」

「あんたはいつも一人でやっていけるって感じだった。大丈夫なんだって、あたしは思ってた。誰にも心配なんかしてもらわなくていいんだろうって……」

大きなため息をついてベッドに背中をもたせかけた。「わたしの最悪の話を打ち明けなかった理由は、あなたに罪悪感を持たせたくなかったからじゃないのよ。誰からも心配されたくなかった。それが理由。そんな考えが一日で変わると思う？ 疑問ね。わたしは変わりたいなんて思ってない。でもね、リアン、あなたがジェイムズを信頼して自分の重荷をすべて打ち明けたということは、誰かに気にかけてもらいたかったってことよ。一人でいるのに疲れたってこと。ジェイムズといることは大変かしら？ そうかもね。あなたが自分の恐怖と毎日戦うのは辛いこと？ そうかも。だけどね、ジェイムズがあなたをどれほど思っているかを考えると……まったくもう、リアン……苦労するだけの価値はあるわよ。ジェイムズと別れてひとりぼっちでも平気、だってジョスもそうだから、なんて自分に言い聞かせるのはばかげてる。わたしが一人でいるのは、そういう性質だからなの。あなたが一人でいるのは、あなた自身の選択。しかも、まったくもって大間違いの選択よ」

「ジョス？」

「何？」

「あんまりいい友達でなくてごめん。あんたは一人きりじゃないわ」

ううん、一人きりよ。「わたしだって、あまりいい友達じゃなくてごめんね」

「ジェイムズはまだそっちにいるの？」

「うん」

「あたしは一人でいたくない。ジェイムズといられるのに、一人は嫌。うーん、なんだかひどくありふれた台詞に聞こえるわね」

ほほえみながら頭を振り、締めつけられていた胸が楽になった。「そうね、ありふれた感じ。本当のことって、ありふれて聞こえる場合が珍しくないのよ」

「彼に電話するわ」

わたしはにやりと笑った。「じゃ、電話を切るね」

電話を切り、暗闇の中で横になったまま耳を澄ました。二十分後、玄関のドアが軋《きし》みながら開き、そして閉まる音が聞こえた。

居間にジェイムズの姿はなく、ソファには毛布が巻いて載せてあった。その上に紙切れが一枚。ジェイムズの置き手紙だ。

〈恩に着るよ〉

紙切れをしっかりつかむと、力の入らない足で寝室へ戻り、家族と自分の写真を凝視した。ここ数週間でわかったことがある。家族の喪失をわたしがまだ乗り越えていないのは明らかだということ。誰かに打ち明けなければならないのだろう。でも、リアンと違って、わたしの最悪の話を武器に使える場合もある人間には打ち明けたくない。高校の時のセラピストは力になってくれようとしたけれど、わたしはいつもはねつけた。わたしはティーンエイジャーだった。自分が一番よくわかっていると思っていたのだ。

でも、もう子供じゃないし、自分が一番よくわかっているわけでもない。パニック発作を止めたいなら、明日の朝、電話を掛けるべきだろう。

7

「それじゃ、〝謎の男〟は消えたのか？」その声にわたしはびくりとして飛び上がり、スプーンにすくったインスタントコーヒーがキッチンカウンターにこぼれた。

肩越しに辛辣な視線をブレイデンに投げる。「あなたは働かないの？　それに、ノックもしないわけ？」

ブレイデンは朝のコーヒーを淹れているわたしを見ながらキッチンの入り口にゆったりと寄りかかっていた。「ぼくにも一杯くれないか？」ケトルの方を顎でしゃくる。

「何を入れるの？」

「ミルク。砂糖は二杯」

「ブラックで、と言うのかと思った」

「ここで険悪《ブラック》なのはきみだよ」

わたしはしかめっ面をした。「コーヒーはいるの、いらないの？」

ブレイデンはぶつぶつと言った。「朝はずいぶんと機嫌がいいんだな」

「ご機嫌に決まってるでしょう？」喧嘩腰で彼のマグに砂糖を二杯、ぞんざいに入れた。

ブレイデンの笑い声がわたしのお腹にまともに響く。「確かに」

電気ケトルのスイッチを入れると、わたしは振り返り、胸のところで両手を組んでカウンターにもたれた。キャミソールの下がノーブラだということをまざまざと意識する。本当の話、ブレイデンといる時ほど自分の体を意識することはない。実を言えば、両親とベスが亡くなってから、外見や身なりといったくだらないことはまったくかまわなくなった。自分の着たい服を着て、自分が見たいように物事を見た。男にどう思われるかなんて、これっぽっちも気にかけなかった。なぜか、そうするのが好都合に思えたのだ。でも、ブレイデンの前に立っていると、そんな考え方にあまり自信を持てなくなった。彼にどう思われているのか、たまらなく知りたい。わたしはブレイデンの世界に絶えず現れているはずのモデルのような女たちみたいに長身でがりがりではない。小柄ではないものの、背が高いとは言えなかった。脚はほっそりしてウエストも細いとはいえ、おっぱいも腰回りも小さくないし、お尻だって大きい。ちゃんと手入れして下ろしている時はなかなかの髪だけど、そんなのはごくまれだった。何とも形容できない色の——ブロンドと茶色の中間みたいな——髪で、長くて豊かで自然にカールしている。でも、重すぎるせいで首筋から上げておかないと苛つくため、髪をゆったりと下ろしていることはめったになかった。目はたぶん、一番のチャームポイントだろう——少なくとも、人からはそう言われる。父譲りの目だった。暗灰色の筋が入ったライトグレイの目はホリーやエリーのものみたいに大きくもなく、かわいい感じでもないけど。猫を思わせるほぼアーモンド形の目で、睨みつけるのが得意だった。

ううん。わたしは美人でもなく、キュートでもグラマラスでもない。醜くはないけれど、ものすごく魅力的になりたいという考えがこれまで浮かんだことはなかった。なのに、ブレイデンのせいでそんなことが気になる……それがムカつく。

「冗談抜きで、あなたは働いてないの？」

ブレイデンはドア枠から体を起こし、のんびりした足取りでさりげなくこちらへ向かってきた。またもや極上の三つ揃いのスーツを着ている。ブレイデンほど長身で肩幅の広い男性なら、とりわけ髪がもつれて無精髭なんて生やしてたら、ジーンズにフランネルのシャツの方が似合いそうだ。でも、そのスーツを見事に着こなしている。彼が近づくにつれ、わたしはいつしか妄想の世界に入り込んでいった――ブレイデンにキスされ、カウンターの上に抱き上げられる。両脚を開かれて彼がわたしの中に押し入ってくる。ブレイデンは舌を口の中に差し入れて片手で胸をなぞり、もう一方の手をわたしの両脚の間に滑り込ませて……。

信じられないほどの欲望に駆られ、あわてて向きを変えた。ケトルの湯が早く沸かないかと思いながら。

「三十分後に会議がある」ブレイデンは答え、わたしの横で立ち止まって先にケトルに手を伸ばした。「ちょっと寄って、何か問題がないか確かめようと思ったんだ。エリーとぼくが立ち去る時、なんだか緊迫した状況のようだったからな」

マグに湯を注いでいるブレイデンを見つめながら、ジェイムズとリアンの話をするべきかどうか迷った。

「おはよう」甲高い声が聞こえ、エリーがキッチンへぶらぶらと入ってきた。目はぱっちりし、もうシャワーを浴びて着替えたようだ。カーディガンを裏返しに着ている。手を伸ばし、気がつくようにタグを引っ張ってやった。エリーは恥ずかしそうにほほえみながら肩を揺すってカーディガンを脱ぎ、今度はちゃんと着た。「ねえ、わたしが帰ってきた時、ジェイムズはソファにいなかったわよ。彼、あなたの部屋で眠ったの？」

横にいるブレイデンの体が硬くなったのがわかり、見上げると彼は顔をしかめていた。どうやらその点は思いつかなかったらしい。わたしは優越感を覚えながら笑った。「うん」束の間エリーの表情を見守る。事情を伝えることへのためらいが消え、彼女に対する信頼のようなものが生まれていると気づいた。「ジェイムズはリアンの彼氏なのよ」

「リアンって――あなたの親友のリアン？」エリーは尋ね、搾《しぼ》りたてのオレンジジュースを自分に注いだ。そしてグラスを持ってテーブルに腰を落ち着ける。ブレイデンのそばよりエリーの近くの方が無難だと思い、彼女の向かいの椅子に滑り込んだ。

「ジェイムズにプロポーズされてリアンはパニックになり、彼を捨てたの」

エリーは信じられないといった様子で口をあんぐりと開けた。「ウソでしょ。彼氏がかわいそう」

ジェイムズの置き手紙を思い出しながらにやりと笑った。「あの二人は大丈夫よ」

「よりを戻せるってこと？」うわあ、エリーの声には期待がこもってる。リアンたちを知りもしないのに。

「あなたっていい人ね」わたしが静かに言うと、エリーは相好を崩した。

「あなたが仲直りさせたんでしょう？」信じ切った口調で訊く。

わたしみたいな人間にこれほど信頼を寄せてくれるのはエリーだけだろう。見せかけほどわたしが他人に無関心ではないことを、どうあっても証明しようとしているのだ。今回はたまたまエリーの言う通りだったことがちょっと腹立たしかった。それに、わたしの性格がかなり誤解されそうだった。

「あの男はきみに激怒していたが」わたしが答えないうちにブレイデンが口を挟んだ。

ちらっと見やると、まだカウンターにもたれて余裕綽々《しゃくしゃく》でコーヒーをすすっている。

「わたしがリアンをそそのかしたとジェイムズは思ってたのよ――彼と別れるようにって」

ブレイデンは驚いたようでもなかった。それどころか片方の眉を上げてこう答えた。

「別に、意外でもないよ」

エリーは兄に舌打ちした。「ブレイデン、ジョスがそんなことするはずないでしょ」

「彼女がそうしないだろうとはわかっている。だが、それはおまえが思っているような理由からではないよ、エルス」

サイテー。やっぱりブレイデンはエリーよりもわたしのことを知ってると思い込んでるのね。密かに顔をしかめた。もしかしたら、ほんとにそうかも。観察力が鋭すぎる嫌な奴。落ち着かない思いで目を逸らし、コーヒーをすすって、こちらをまじまじと見ている彼の視線を無視した。

「もったいぶった言い方ね」エリーは文句を言い、またわたしを見つめた。「でも、あなたが二人のよりを戻したんでしょ？」

〈恩に着るよ〉

あの言葉を思い出し、マグに鼻を突っ込んでうっすらと笑った。「そうね。そうなのよ」

「ほんとかい？」ブレイデンはひどく驚いたようだ。それって、侮辱よね。

オーケイ、たぶんこの嫌な奴はわたしのことを知っていると〝思い込んでいた〟だけなのよ。「リアンは親友よ。だから助けたの。わたしは冷酷な人でなしじゃないのよ」

ブレイデンはたじろいだ。「そんなことは言ってないよ、ベイブ」

愛情表現を耳にし、その言葉が全身に広がっていくようでわたしは震えた。思いもかけなかった刺激を与えられ、つい辛辣な言葉が飛び出してしまった。「〝ベイブ〟なんて呼ばないで。絶対に〝ベイブ〟なんて呼ばれたくない」

わたしのきつい口調と突然の怒りのせいで、三人の間に緊張した空気が生まれた。昨日、パニック発作が起きた後で介抱してくれたブレイデンにあれほど感謝したことをその時は忘れていた。誰かを受け入れると、こんなことが起こる。何もわかっていないくせに、人は相手を理解しているなんて思い始めるのだ。

エリーが咳払いした。「じゃ、ジェイムズはロンドンへ帰ったのね？」

「うん」わたしは立ち上がり、コーヒーの残りをシンクに流した。「ちょっとジムに行ってくる」

「ジョスリン――」ブレイデンが口を開いた。

「あなたは会議があるんじゃないの？」わたしは彼を遮り、緊張を解《ほぐ》さないままキッチンを後にしようとした。

「ジョスリン……」ブレイデンの心配そうな声。

心の中で深くため息をついている自分に気づいた。あなたは自分の主張を通したのよ、ジョス。この話を続けて嫌な女にならなくてもいい。今度は実際にため息をついてブレイデンを見上げ、不機嫌ながらも寛大な申し出をした。「コーヒーを持っていきたいなら、戸棚の左側のてっぺんに持ち歩き用のマグがあるから」

束の間、ブレイデンは探るようにわたしをじろじろ見ていた。奇妙な微笑を口元に浮かべ、首を横に振る。「いや、結構だ。ありがとう」

わたしはうなずいてその場の雰囲気に無関心な振りをし続け、エリーに視線を向けた。「一緒にジムへ行く?」

エリーは小ぶりの鼻に皺を寄せた。「ジム? わたしが?」

ほっそりしたエリーの体をまじまじと眺めた。「何もしなくてもそんなに見事な体なの?」

エリーは少し赤くなりながら声をあげて笑った。「遺伝子のおかげみたい」

「そうね。とにかく、わたしは体形を保つためにエクササイズしなきゃだめなの」

「イカしてるよ」ブレイデンはコーヒーを飲みながら呟き、笑いを浮かべた目でこちらを見た。

ほほえみ返し、ブレイデンに辛く当たったことを無言でまた詫びた。「さあどうだか。じゃ、一人で行くわね。後で会いましょう」

「コーヒーをごちそうさま、ジョスリン」廊下に出ていくわたしにブレイデンが悪戯っぽく呼びかける。

たじろいだ。「ジョスよ!」無愛想な声で叫び返し、彼の笑い声を気にするまいとした。

「さて、これで自己紹介は済んだし、基本的な事柄もわかったわね。じゃ、そろそろ誰かに打ち明けたいと思った理由を聞かせてくれないかしら？」ドクター・キャスリン・プリチャードは穏やかに尋ねた。

どうしてセラピストというものは似たり寄ったりの穏やかな声を持っているの？　宥めるつもりの口調だろうけれど、十四歳の時と同様、今も見下した言い方に聞こえた。

キッチンでのブレイデンとのやり取りがあった朝から一週間が経ち、わたしはノース・セント・アンドルー・レーンにあるセラピストの広い診療室にいた。驚くほど冷えとしていて近代的な診療室――高校の時に行かされたセラピストの、心地良く散かった部屋とは大違い。しかも、あの時セラピーは無料だった。このスエードとガラスでできた診療室のために、わたしは大枚をはたいている。

「花か何か飾るべきですね」意見を言ってやった。「ちょっとした色合いが欲しいわ。ここの診療室はあまり歓迎してくれてる感じがしません」

ドクター・プリチャードはにやりと笑った。「気づかれたみたいね」

わたしは何も言わなかった。

「ジョスリン――」

「ジョスです」

「ジョス。なぜ、ここに来ているの？」

胸がどきりとして冷たい汗が吹き出したのを感じる。ドクター・プリチャードに話したことはすべて極秘にされるのだと、急いで自分に言い聞かせた。この診療室の外でドクターに会うことはないし、わたしの意思に反して過去や問題を持ち出されることもなく、個人的に彼女と知り合いになることもない。深く息を吸い込んだ。「パニック発作をまた起こすようになったからです」

「また、って？」

「十四歳の時、しょっちゅう発作を起こしていました」

「そう、パニック発作はあらゆる不安から起こるものよ。その時は、どうして起きたのかしら？　あなたの人生にはどんなことがあったの？」

喉元に込み上げた塊を呑み込んだ。「両親と妹が交通事故で亡くなりました。身内はほかに誰もいなくて――わたしを気にもかけなかったおじ以外はですが――十代の残りのほとんどは里親のところで過ごしたんです」

わたしの話すことをドクター・プリチャードは書いていた。その手を止め、まともにわたしの目を見た。「とてもお気の毒だわ、ジョス」

心のこもった言葉に、肩から緊張感が抜けた。首を縦に振って同意を示す。

「ご家族が亡くなってから、パニック発作が起きるようになったのね。症状を教えてくれる？」

わたしの話にドクター・プリチャードはうなずいた。

「引き金になるものはあるの？　少なくとも、そういうものがあるという自覚は？」

「彼らのことはあまり考えないようにしているんです。つまり、家族のことは。家族の記憶は——実は生々しくてはっきりしていて——曖昧《あいまい》なものじゃないんです……そうした記憶がパニック発作の引き金になるんだと思います」

「でも、起きなくなっていたのよね？」

唇を歪めた。「家族のことを考えないようにするのがうまくなっていたんです」

ドクター・プリチャードは片方の眉を上げた。「八年間も？」

わたしは肩をすくめた。「家族の写真を見ることも、彼らについて考えることもできます。でも、一緒にいた頃の思い出は慎重に避けているんです」

「それなのに、パニック発作が再び起きたというわけね？」

「自分の防御を緩《ゆる》めてしまったんです。思い出に浸ってしまって——で、ジムで、それから友人の家族とのディナーでパニック発作が起きました」

「ジムでは何を考えていたの？」

落ち着かない思いで身じろぎする。「わたしは作家です。というか、作家になろうとしています。母の物語のことを考え始めていました。いい話です。悲しいものだけれど。

でも、読んだ人は母を気に入ってくれると思います。とにかく、両親や彼らの友達づき合いのことを――実はいくつも――思い出していました。次に気づいた時には、ランニングマシンから男性に助け下ろされてて」

「家族とのディナーの方は？　里親のところを出てから家族ディナーに出たのは初めてだったの？」

「里親のところでは本物の家族ディナーなんてありませんでした」わたしは強張った笑顔を向けた。

「じゃ、ご家族を亡くしてから初めての家族ディナーだったわけね？」

「はい」

「それでまた思い出が蘇ってきたのね？」

「そうです」

「最近、生活に大きな変化はあったの、ジョス？」

エリーやブレイデンのこと、朝のコーヒーを飲んだ一週間前のことを考えた。「引っ越しました。新しいアパートメントへ移り、新しいルームメイトができました」

「ほかには？」

「前のルームメイトで親友のリアンがロンドンへ引っ越してしまって、彼女は恋人と婚約したばかりです。それで全部」

「リアンとは親しかったの？」

肩をすぼめた。「わたしが自分に許している範囲の親しさです」

ドクター・プリチャードは悲しげに唇を引き締めながら微笑した。「まあ、これでいろいろわかったわ。それで、新しいルームメイトはどうなの？　その女性か男性とは親しくなってもいいと思う？」

「女性です」そのことについて考えた。思ったよりもエリーに心を許している気がする。意図した以上に、エリーを気にかけているし。「エリーといいます。わたしたちは親友になり始めているわ。予想もしませんでした。エリーの友人たちは素敵だし、彼女のお兄さんと仲間は始終そばにいます。わたしの生活は前よりも社交的になったみたいで」

「パニック発作を起こしたのは、エリーとお兄さんとの家族ディナーの席だったの？」

「はい」

ドクター・プリチャードはうなずき、また何か書きなぐった。

「それで？」わたしは尋ねた。

ドクター・プリチャードは笑顔を向けた。「診断結果を知りたいのかしら？」

わたしは片方の眉を上げて見せた。

「がっかりさせて悪いけれどね、ジョス、これじゃ表面を引っかいた程度にすぎないのよ」

「でも、こうしたいろんな変化が何か関係あると思ってるんでしょう？　パニック発作が起きないようにしたいんです」

「ジョス、あなたがここに来てから十五分だけれど、このパニック発作はすぐには治らないと言っていいでしょう……ご家族の死にあなたが対処しようとしない限りはね」

何なのよ？　そんなのばかげてる。「対処なら、してきました。家族は亡くなったんです。わたしは死を悼《いた》みました。今は前に進む方法を見つけようとしてるんです。だからここへ来たんじゃありませんか」

「ねえ、あなたは賢いから、自分が問題を抱えていて、それについて誰かに話さなくてはならないとわかっているんでしょう。だったら、家族の記憶を埋めてしまうことが、彼らの死に対処する健全なやり方じゃないとわかるはずよ。ジョス、あなたは家族の死をちゃんとした方法で悼んではいないの。それこそわたしたちが向き合うべきことよ。日々の生活の変化、新しい人たち、新しい感情、新しい期待――どれも過去の出来事を思い出す引き金になる。きちんと対処できなかった出来事は特にね。何年も家族と過ごしていなかった後、ある家族と時間を共にしたせいで、あなたが家族の死に際して自分の周りに張りめぐらした壁が打ち破られたのよ。心的外傷後ストレス障害を引き起こした可能性があると思うから、見過ごせないわ」

わたしは呻いた。「心的外傷後ストレス障害《PTSD》だというんですか？　退役軍人が患《わずら》う、あれ？」

「患うのは兵士だけじゃないのよ。あらゆる種類の喪失や、感情的、肉体的トラウマを経験した誰もがＰＴＳＤを患う可能性があるの」

「わたしもそうだと？」

「おそらくね。もっと話せば、もっとよくわかってくるでしょう。そして話せば話すほど、家族について考えたり思い出したりすることがあなたにとって楽になると思うの」

「あまりいい考えに聞こえないけれど」

「楽なことではないわね。でも、助けになるはずよ」

8

本の匂いが好きだ。

「それってハンナにはちょっと残酷すぎない？」心配そうなエリーの柔らかな声が頭上から尋ねた。

三センチほどわたしより背が高いハンナにほほえみかけた。母親や姉に似てハンナも長身だ。後ろでバタバタしているエリーを振り返り、信じられないという表情をしてやった。「ハンナは十四歳でしょ。これはヤング《Y》アダルト《A》向け小説よ」

エリーが止める間もなく、ハンナはわたしの手からその本を抜き取った。日曜の午前、わたしは書店にエリーとハンナといた。ハンナはブレイデンからもらった図書カードを使うという至福の時を過ごしていたのだ。

エリーは不安そうだった。「そうね。十代の子たちが互いに殺し合うっていう反ユー《ディス》トピア《トピア》的な世界を描いたものでしょう？」

「読んだの？」

「ううん……」

「だったら、わたしを信用して」ハンナににやりと笑いかけた。「すごい本よ」

「これ、買うわ、エリー」ハンナはエリーにきっぱりと言い、どんどん増えていく本の山に追加した。

エリーは降参とばかりにため息をつき、渋々うなずいてロマンス小説の棚に戻っていった。エリーがハッピーエンドの話に目がないことがわかってきた。今週は少なくとも三本のロマンチックなドラマを一緒に見た。でも、またニコラス・スパークス原作のドラマでうんざりしないうちに、今夜はどうあってもマット・デイモンがジェイソン・ボーンを演じて敵と戦う映画を見なくては。

携帯電話が鳴ったのでバッグを探ると、リアンからだった。昨夜、メールを送っておいたのだ。

「電話に出てもいい？」わたしはハンナに尋ねた。

気にしないでという風にハンナは手を振った。本棚に鼻を押しつけんばかりにして次々とタイトルを読んでいる。わたしは唇に微笑を浮かべながらハンナのそばを離れ、邪魔にならないところへ移動して電話に出た。

「もしもし」

「ハイ」なんだかためらいがちなリアンの声だった。

わたしは身構えた。

しまった。もしかしたら、わたしの話を打ち明けるべきじゃなかったのかも。これからリアンはわたしに今までとは違う風に接するつもり？　たとえば、腫れ物にさわるような態度を取るとか？　そんなことになったら気持ちが悪すぎる。罵られたりしたことが恋しくなるだろう。

「ジェイムズとはどう？」相手が何か言う前に尋ねた。

「うんとうまくいくようになったわ。お互いに理解できるようになってる。実は、会うようにって彼から勧められてるの。セラピストにね」

SF小説の棚の間でわたしは凍りついた。「冗談でしょう」

「ううん。あんたのメールのことはジェイムズに話してないって誓う。ただ、彼がセラピストのことを切り出したのよ。なんか偶然よね」リアンが深く息を吸う音がした。

「ほんとに、セラピストのところへ行ったの？」

周りに誰もいないことを確かめた。「誰か話す相手が必要だったの。わたしの人生に個人的な関心がない専門家だけが信用できるかなと……つまり……わたしが話すべきことを話す相手としてね……」眉を寄せた。まったく、なんともうまい言い方じゃないの。

「なるほどね」

リアンの口調を聞き、わたしはたじろいだ。紛れもなく辛辣な響きがある。「リアン、あなたを傷つけるつもりはないのよ」

「傷ついてなんかいない。本当にあんたを気にかけてくれる誰かに打ち明けるべきだと思ってるだけ。あたしがなぜ、ジェイムズにごたごたをすべて話したと思う？　前にあんたが言った通りだった。つまり、彼を信頼してるってこと。打ち明けて良かったと思うわ」

「わたしはそんな心の準備ができてないの。ジェイムズみたいな存在はいないし。欲しくもないけど。とにかく、それでもジェイムズはあなたがセラピストに相談すべきだと思ってるんでしょう？」

リアンはぶつぶつぼやいた。「たぶん、セラピストにかかることを承諾したら、あたしが自分との結婚にもっと本腰を入れると思ってんのよ」

わたしに会いに来た夜、ジェイムズがどれほど打ちひしがれていたかを考えた。「だったらそうすべきよ」

「セラピーはどんなだった？　変な感じ？」

変な感じだったわ。「なんともないわよ。最初は妙な気分だけど、また行くつもり」

「そのことを話したい？」

そうね。あなたに話したいから、一時間当たり百ポンドも払って専門家に相談してるってわけよ。皮肉を言いたくなったのを抑えた。「ううん、リアン。話したくない」

「いいわ。あたしに噛みつかないでよ、不平屋さん」

天を仰いだ。「面と向かってあなたに侮辱されるのが恋しいわ。電話じゃ、ちょっと違うもの」

リアンは鼻を鳴らした。「あたしをわかってくれる誰かさんが恋しいわ。リサーチチームのある女性をバカ女呼ばわりしちゃったのよ。もちろん、親しみを込めてね。そしたら、地獄へ行けって言われちゃった。あれは本気だったと思う」

「リアン、前にもこういう話はしたでしょ。普通の人は悪態をつかれるのを嫌がるの。なぜか、自分が悪口を言われたみたいに受け取ってしまうから。ちなみに、あなたはちょっと意地悪よ」

「普通の人たちが神経質すぎるんだってば」

「ジョス、これは読んだ？」ハンナが通路の角を曲がってやってきた。別のディストピアものの本を振っている。読んだことがあった。悪い？　わたしはディストピアに目がないのだ。

「誰なの？」リアンが尋ねた。「今、どこにいるのよ？」

わたしはハンナにうなずいた。「それは面白いわよ。かっこいい男の人が出てくるし。きっと気に入るはず」

ハンナはうれしそうにその本を胸に抱き締め、本を一杯入れた籠《かご》をやっとのことで持ってティーン向けの小説の売り場へ戻っていった。

「ジョス?」

「さっきのはハンナよ」ダン・シモンズの小説に頭をもたせかけた。うわ、これはまだ読んでない。

「ハンナって?」

「エリーの十四歳になる妹」

「ティーンエイジャーと一緒にいるの……どうしてまた?」

リアンの口調ときたら。〝コカインをやってるの……どうしてまた?〟と尋ねるのと変わらない。

「本屋さんにいるのよ」

「ティーンエイジャーとお買い物ってこと?」

「なぜ、そんな口のきき方をするのよ?」

「さあね。たぶん、あんたが高級なフラットへ引っ越して、使うのを嫌がってたお金を浪費してるせいかもしれない。『きみに読む物語』を五十五回も見て、よく笑う女の子と友達になってるせいかも。週末の夜は生身の人間と飲みに出かけて、あたしにあまり連絡してこないからかも。セラピーを受けてるせいかもしれないし、十代の子のお守りなんてしてるせいかもね。あたしがロンドンに引っ越した後、あんたはおぞましい前頭葉の切開手術を受けちゃったんだわ」

大きなため息をついた。「あのね、あまり連絡しないことを喜んでくれるべきよ」

「ジョス、真面目な話、あんたはどうしちゃったの？」

ダン・シモンズの小説を棚から抜き出した。「どれもわざとやったわけじゃないのよ。エリーとはうまくいってるし、彼女は陰気なわたしとつるむのがなぜか好きみたい。エリーはわたしたちとまったく違う人生を送ってきたのよ。人とつき合うのがほんとに好きで、だからわたしもつき合いが多くなるの」

「ジョス？」

振り返るとエリーがいた。眉間に深く皺を寄せている。いきなり不安に襲われ、わたしはあわてて本棚の上に顔を突き出してあちこちハンナを捜した。

「ハンナは大丈夫よ」しきりに方々を見るわたしの仕草の理由がわかったらしい。「わたしが困ってるところなの」エリーは豪華なヴィクトリア朝のドレスをまとった女性の絵が表紙に描かれたペーパーバックを掲げた。ドレスの背中のレースには男性のものらしい両手が誘惑的に伸びている。タイトルにも誘惑的な言葉が使われていた。エリーのもう一方の手にあるのはスパークスの最新の小説。「どっちがいい？」

わたしはためらいもせず、官能的なロマンス小説を指した。「この女性の顔に浮かんだ誘惑の表情がいいわね。スパークスの小説なら、今週はもう充分すぎるわよ」

エリーは官能的なロマンス小説をわたしに突き出して見せ、挑むようにうなずくと、通路を戻っていった。

「冗談抜きで訊くけど」リアンは低い声でずばりと言った。「これまでのジョスはどこへ行ったの？　かつての彼女をどうしちゃったわけ？」

「ジョスはね、あなたに精神分析なんかされるなら、電話を切ろうとしてるところよ」

「ジョスが第三者みたいな話し方をしてる」

わたしは声をあげて笑った。「リアン、もう切るわよ、いい？　ジェイムズによろしく伝えておいて。それから、そう、彼はわたしに恩を感じるべきだって」

「待って、何のことよ？」

まだ笑いながら電話を切り、ハンナとエリーを捜しに行った。

会計の列に並んでいた二人の横に滑り込んだ。エリーはいつになく静かで、ハンナはうっとりした目で自分の本の山を見つめている。本を残らず運ぶためにバックパックでも持ってくるべきだった。

レジのところで、男の店員がハンナの大量の本をすぐに破けそうなビニール袋に突っ込むのを見ていた。エリーがぼうっとしているので、わたしは彼の背後を指さした。

「ねえ、そっちの手提げ袋に入れてくれてもいいんじゃない？　こんなビニールじゃすぐ破けるわ」

店員は面倒臭そうに肩をすくめた。「そちらの袋は一枚につき五十ペンスですが」

わたしは顔をしかめた。「この子は百ポンドも本を買ったのよ。なのに、手提げ袋もただでくれないってこと？」店員は図書カードをわたしに振って見せた。「いや、この子が買ったわけじゃないでしょう」

「そうね。でも、この子にカードを贈った人間はこれを買ったわけよ。あなたは本を入れる袋にお金を払うかどうかを尋ねるつもりもないの？」

「ありませんねえ」ばかじゃないかと言わんばかりに、店員は言葉をゆっくりと引き伸ばした。「無料のビニール袋で持っていけますよ」

〝こんなくそったれの客相手に仕事なんかやってられるかよ〟という見下した話し方を店員がしなければ、わたしも折れたかもしれない。間違いを正してやろうと口を開きかけたとたん、エリーに手をつかまれて止められた。見上げると、エリーは少しふらついていた。顔は青ざめ、しかめっ面で目を閉じている。

「エリー」彼女に腕を回すと、しがみつかれた。

「エリー？」ハンナが心配そうに尋ね、姉の反対側に急いで行った。

「大丈夫」エリーは小声で言った。「めまいがしただけ。この……頭痛のせいで……」

「また頭が痛いの？」そう、今週になって三度目の頭痛だった。

わたしにきつく睨まれてたじろいだ店員を放っておき、エリーを脇へ引っ張った。店員にぴしゃりと言ってやる。「普通の袋に本を詰めてくれればいいわ」

「いい方の袋に入れてやったら」彼の隣で働いている女性がため息をついて言った。

「だけど――」

「いいから、そうしなさい」

店員の男性の苛立たしげな目つきを無視し、わたしはエリーに注意を向けた。「気分はどう？」

まだ蒼白な顔だったけど、エリーの震えは治まっていた。「さっきよりいいわ。今日は何も食べてないの。気が遠くなっただけ」

「頭痛はどうなの？」

エリーは安心させるように笑った。「正直言って、博士号のことが原因で、あまり食べてないのよ。プレッシャーを感じて、ストレスで参ってるのね。もっと体に気をつけなくちゃ」

「はい、どうぞ」店員は重い手提げ袋を二つ渡してよこした。

小声で礼を言い、袋を一つ持って、もう一つをハンナに渡した。

「わたしが持つわ」エリーがハンナの袋に手を伸ばした。

「ううん、だめよ」わたしはエリーの肘をつかんだ。「あなたに何か食べさせなくちゃ」

エリーは後で母親の日曜のディナー――どうしても何時間か執筆がしたいからと彼女

を説得して、ありがたいことに参加しなくても済んだディナー――を食べるからと異議を唱えようとしたけれど、すぐそこのこぢんまりとした素敵なビストロで軽食くらい摂るべきだと説き伏せた。わたしたちの横にいたハンナはエリーに背中を押してもらいながら、プリンスィズ・ストリートの人混みを縫うように歩いていた。買った本の一冊をすぐさま読むことにしたからだ。そんなことができる人がいるとは思わなかった――歩きながら本を読むなんて。わたしなら乗り物酔いにでもなりそうだ。

もうすぐエディンバラ・フェスティバルねとお喋りしていた時、ブレイデンを見かけた。彼とは金曜にバーで会っていた。ブレイデンとエリー、アダム、ジェンナ、エド、それからブレイデンの同僚の何人かがお酒を飲もうと〈クラブ39〉に立ち寄ったのだ。ブレイデンとはほとんど話さなかったし、彼のわたしへの態度は紛れもなく友人同士のものへと変わっていた。

そんな態度を取られ、自分の感情に困惑したかどうかははっきりしなかった。でも、ブレイデンがその女性といるのを見た時、わたしが何かを感じたことは確かだった。

ブレイデンはこちらへ歩いてきた。背が高いから、雑踏の中でも容易に見分けられる……それに、そう、かっこいいから目立つし。ダークブルーのジーンズに黒のブーツ。ダークグレイの長袖のヘンリーネックのサーマルシャツは、筋肉質で見事な広い肩を引き立てている。

ブレイデンの手にはほかの人の手があった。

見たことのない女性の手。

「ブレイデン」エリーが呟き、ハンナは本からパッと目を上げた。ブレイデンの姿を見て顔が輝いている。

「ブレイデン！」ハンナは呼びかけた。連れに笑いかけていた彼は声のした方へさっと顔を向けた。ハンナを見て笑みがさらに大きくなる。

互いの距離が近づくと、不意にわたしはここ以外の場所にいたくなった。ブレイデンがほかの女性といるのを目にして、軽くショックを受けたことが気に入らない。それどころか、そのショックはしばらく影響を免れない、最悪のジョークになりそうだった。

さらに、エリーとハンナといるわたしに気づいてブレイデンが慎重に浮かべた礼儀正しい表情も面白くなかった。

立ち止まった時にエリーをちらと見て、彼女がブレイデンと一緒の女性を敵意むき出しの目で睨んでいることにやっと気づいた。わたしは当惑し、正直なところ驚きながら、思わず質問口調でエリーの名を小声で呼んだ。

エリーは顎を強張らせてわたしを見下ろした。「後で話すわ」

「ハンナ」ブレイデンはハンナを自分の横に抱き寄せ、買い物袋の方を顎でしゃくった。

「図書カードを使っていたんだね？」

「うん。たくさん本を買っちゃった。ほんとにありがとう」ハンナは付け加えた。

「どういたしまして、お嬢さん」ブレイデンはハンナを放し、こちらを向いた。「エルス、顔色が悪いぞ。大丈夫か？」

エリーは今度はブレイデンを睨みつけている。わたしは自分が何か見落としたのかと知りたくてたまらなかった。「ちょっとくらくらしちゃって。全然食べてなかったから」

「何か食べにエリーを連れてくところなの」一言告げておくべきだと思った。気分が悪いエリーを引っ張り回していたなんて彼に受け取られたくない。

「良かった」ブレイデンはわたしの視線を捉えて呟くように言った。「ジョスリン、こちらはヴィッキーだ」

ヴィッキーとわたしは目を合わせ、礼儀正しく笑みを交わした。彼女はいろんな意味でホリーを思い出させた。長身でブロンド、きれいで、ムカつくバービー人形並みに自然な感じ。しかもセクシーだった。

ブレイデンには間違いなく好みのタイプがあるし、わたしはそれに当てはまらない。彼がわたしの気を引こうとしなくなったのもうなずける。初めて会った時、彼のセックス・レーダーは故障中だったに違いない。でも、どうやら直ったらしい。

「こんにちは、ヴィッキー」エリーが小声で不機嫌そうに挨拶した。

自分を抑え切れず、眉を思い切り跳ね上げてしまった。エリーの口調は相手を取って食わんばかりのものだったのだ。

わたしは驚いていた。

もちろん、好奇心もあった。

ブレイデンは尋ねるような視線を妹に向けた。「昨夜、ディナーを兼ねた会議があって、ヴィッキーが隣のテーブルにいたんだ。で、ぼくたちは互いの近況を話すことにした。ちょっと朝食でも摂りながらってことでね」

別の言い方をすれば、ヴィッキーが隣のテーブルにいて、二人は寝ることにしたってわけね。馴染みのない気まずさに駆られ、わたしは肩をすくめて振り払おうとした。胸が軽く痛み、胃がちょっとむかつく。もしかしたら、エリーは何も食べてないわけじゃないのかも――わたしも彼女も昨夜、悪いものを食べたのかもしれない。

「またお会いできてうれしいわ、エリー」ヴィッキーは如才なく答えた。とてもいい人みたいに見える。

「ふうん」エリーはあからさまにヴィッキーを無視して目玉をぐるりと回し、ブレイデンに視線を据えた。「今日の午後、ディナーに来るわよね？」

ブレイデンの顎が強張った。どう見ても妹の態度が気に入らないようだ。「もちろんだ」彼の視線がわたしに戻る。「向こうで会おう」

「ジョスは来られないの。やることがあるのよ」

ブレイデンは眉をしかめてわたしを見た。「たった数時間のことだよ。なんとか時間を取れないかな?」

それを聞いてヴィッキーはブレイデンにいっそうすり寄った。「喜んでディナーに伺うわよ、ブレイデン」

彼はやや見下すような態度でヴィッキーの手を軽く叩いた。「悪く思わないでくれ、スイートハート。だが、これは家族だけの集まりなんだ」

たちまち三つのことが起こった。エリーが笑い声で喉を詰まらせ、ヴィッキーはブレイデンにひっぱたかれたように後ずさり、わたしはパニック発作を起こしそうになったのだ。

目の前がぼやけてきたのを感じ、わたしは混乱状態の中でなんとか息をした。「あのね」みんなから一歩後ずさる。「ジョーにアパートメントまでチップを届ける約束をしてたことをすっかり忘れてたわ。今日なのよ。実は、今」謝るように手を振った。「行かなくちゃ。じゃ、また後で」

そして一目散にその場から去った。

「どうして逃げ出したの?」ドクター・プリチャードは好奇心の強い鳥みたいに首を傾げて尋ねた。

わからないわよ。「わかりません」

「エリーのお兄さんのブレイデンの話が何度も出てくるわね。彼はあなたの生活にどんな風に収まっているのかしら？」

わたしは彼を求めてるの。「友達みたいなものだと思います」ドクター・プリチャードにまじまじと見つめられ、肩をすくめた。「わたしたちの出会いはちょっと変わってるんです」

何もかも話した。

「じゃ、彼に惹かれてるのね？」

「惹かれてました」

ドクター・プリチャードはうなずいた。「じゃ、さっきの質問に戻るわ。どうして？どうしてあなたは逃げ出したの？」

先生、答えがわかってたら、ここにいるはずないでしょ？「わかりません」

「ブレイデンがほかの女性といたからじゃないの？　それとも、彼があなたを家族の一員扱いしたからかしら？」

「たぶん、両方かと」額をこすった。頭痛が起きそうな感じ。「ブレイデンには、わたしが彼を入れた箱から出てほしくないんです」

「箱？」

「そう、箱です。ラベルとか貼ってある箱。〝友達みたいな人たち〟ってラベルが。わたしたちは友達みたいなものだけど、本当の意味では友達じゃないんです。一緒に遊んでるけれど、お互いのことをちゃんとわかってないし。そんなのでいいんです。もっと何か別の感情があるなんてブレイデンが考えたら、わたしはパニックを起こしてしまう。わたしたちが何らかの形で親しいなんて思われたらね。そうなってほしくないんです」

「なぜなの？」

「ただ、嫌なだけです」

口調からわたしの気持ちを読み取ったらしく、ドクター・プリチャードはうなずき、その問いを繰り返さなかった。「ブレイデンが別の女性といるところを見た時のあなたの感情の方だけれど……？」

「感じたのは困惑とパニックだけでした。性的な関係にあったことが明らかな女性と一緒にいるくせに、彼女とのつき合いよりもわたしとの友情の方が深いみたいなことをほのめかすなんて。さっきも言ったように、それは事実じゃないわ。そんなこと、嫌なんです」

「嫌だという理由しかないの？」

「はい」

「じゃ、ブレイデンとのつき合いは望まないのね？　性的なものであってもなくても？」

違うわ。「そうです」

「その点について話しましょう。あなたの男性関係についてはまだ話してないわね。ジョス、どうやらあなたは人を締め出すのが得意みたいだけど。この前、誰かとつき合ってからしばらく経っているの？」

「つき合ったことなんてないです」

「デートの経験がないの？」

俗に素晴らしい日々と言われる十代の頃を思い出し、唇を歪めた。「おぞましい過去の話を聞きたいですか？　じゃ、詳しく話します……」


「ジョーにお金を届けたの？」エリーはソファにいるわたしの隣に腰を下ろしながら静かに尋ねた。

寝そべったままうなずき、罪悪感を追い払うためにクッキーの大袋に手を伸ばし、エリーに勧めた。「食べない？」

「ううん。お腹一杯」エリーはクッションにゆったりともたれ、テレビに視線を向けた。「何見てるの？」

「『ボーン・スプレマシー』」

「ああ、マット・デイモンね」

「ディナーはどうだった？ 気分は良くなったの？」あんな風にエリーから逃げたことにいっそうの罪悪感を覚えていた。あの時、自分に本当は何が起こったのか、わたしはまだ理解しようとしていた。

エリーはちらとこちらを見た。「母があなたのことを尋ねてたわ」

それは結構ね。「わたしがよろしく言っていたと伝えてくれた？」

「伝えたわ。それにディナーはなんだか気まずい雰囲気だったのよ。ブレイデンはわたしに腹を立てたままだった」

にやにや笑い、テレビの画面に目を戻した。「あんなあなたを初めて見た。ちょっと感じ悪かったわよ」

「うん、そうね。だってヴィッキーは尻軽女なんだもの」

わたしは息を吸った。いつもは屈託のないエリーの顔が引き締まって強張っている。

「ほんとにあの女性が嫌いなのね。一体何者？」

「しばらくはブレイデンの彼女だったの。またブレイデンがあの女と会ってるなんて信じられない」

「それで？」

〝一体彼女があなたに何をしたのよ？〟という意味だと悟り、エリーは顔をしかめながら肩をすくめた。「ある日、ちょっと用事があってアダムを訪ねたことがあったの。そうしたらヴィッキーがそこにいた。裸で。彼のベッドの中に。アダムも裸だったわ」

信じられない。「二人はブレイデンを裏切ってたってこと？」

「違うわ」エリーは面白くもなさそうに鼻を鳴らした。「アダムがヴィッキーを気に入ってたの。で、ブレイデンは彼女をアダムに貸し出したってわけ」

ウソでしょう……。「彼女を貸し出した？」

「そういうこと」

「ヴィッキーには自尊心がないの？」

「彼女が尻軽女だって言ったの、聞いてなかったの？」

「ブレイデンがそんなことをしたなんて信じられない。彼女を貸し出すなんて」

「まあ、その表現はまずかったかもね。実を言えば、自分はアダムを求めてるって、ヴィッキーがブレイデンに言ったのよ。ブレイデンには異存がなかったわ。だからアダムと彼女がセックスするのを放っておいたの」

歪んだ話だし、少し冷たいかもしれないけれど、お互い様ということなのだろう。とにかく、わたしが批判できる立場？「じゃ、ヴィッキーには自尊心があるってことね。だったら大騒ぎする問題でもないでしょう？」エリーが彼女を嫌悪する本当の理由を探ろうとした。「ヴィッキーはセックスが好きってことよ」

「あの女はふしだらよ！」

ああ、なるほどね。本当の理由がわかったと、わたしは確信した。

アダムだ。

「あなたはアダムが大好きなのね？」

エリーはゆっくりと息を吐き、ぎゅっと目を閉じた。

まつ毛の下から涙があふれて頬に滴るのを見て、胸が激しく痛んだ。

「ああ、ハニー」起き上がってエリーを引き寄せ、わたしのセーターに顔を伏せさせて静かに泣かせておいた。しばらくして、半分空になったクッキーの袋に手を伸ばし、一個取って渡した。「ほら。甘いものを食べて、ジェイソン・ボーンが悪者の尻を蹴っ飛ばすのでも見ましょうよ」

「アダムの尻を蹴っ飛ばしてる、ってことにする？」

「いいじゃない。ほら、あの男。あいつはアダムよ。で、ボーンがあいつのいやらしい、ちっぽけな尻を蹴っ飛ばしてる」

エリーは横でくすくす笑った。いつも強い人がこれほどもろくなるなんて驚きだった。

9

二週間が経った。わたしはパニック発作を一回起こし、その後にセラピストのところを一度訪ね、どうにかこうにかまた原稿に取り組んでいた。いつもなら、執筆中にはノートパソコンに向かっていてもいなくても、ほとんど意識しないうちに思考がファンタジーの世界に入り込んでしまう。なのに、近頃は想像力を働かせようと努力しなければならない。それがうまくいったためしはなかった。

執筆が滞《とどこお》り、作家としてうまくやれるかどうかという不安がひたひたと押し寄せてきたので――作家になれなかったら何をしたらいいのかと心配し――自分がもっとも得意なことをやろうと決めた。考えなくても済むよう、心の中の鉄の箱に不安を閉じ込め、別のことに集中したのだ。

エディンバラ・フェスティバルが開催中だったので、バーでの勤務を増やし、誘われた時はいつもエリーと出かけていた。この前の面談で、セラピストからもう一度、家族ディナーに参加するようにと勧められた。そのディナーはパニック発作を起こさずに切り抜けられた――やった！　そしてパーソナルトレーナーのギャヴィンの誘惑的な微笑を避けつつ、ジムに何度も足を運んだ。

エリーは安堵していたけど、ヴィッキーは現れた時と同様に素早くブレイデンの人生から姿を消した。エリーから聞かなければ、そのことを知らなかっただろう。プリンスイズ・ストリートで会った朝以来、ブレイデンを見かけていなかったから。仕事で多忙らしかった――開発地域の一つに問題が起こったようだったし、経営しているナイトクラブの〈ファイヤー〉でフェスティバルの終わりに大掛かりなイベントを計画しているらしい。アダムがブレイデン専属の建築家だということをわたしは知った。つまり、ブレイデンが忙しい時は、アダムも忙しいというわけ。みんなで集まるはずだった機会が何度かあったけれど――一度はお笑い芸人を見に行こうとした時だったし、ただ飲むためという時もあった。最近の集まりは家族ディナーだった――ブレイデンはキャンセルし、わたしの間違いを証明した。つまり、彼はお金を儲けるためにちゃんと働いていたのだ。

ブレイデンがいないのはいいことだとわたしは思い始めた。ここ数週間で一番リラックスしているし、エリーとはますます親しくなっていた。彼女はアダム絡みの失敗を一つ残らず打ち明けてくれた……。

子供の頃からアダムに愛を感じていたエリーは、何とかしなくてはとようやく勇気を奮い起こした。ブレイデンから情報を引き出すためにエリーを騙したろくでなしにアダムがパンチを食らわした後のことだ。彼女はアダムのアパートメントへ行き、彼に身を投げ出すのも同然の行動を取った。アダムだって男だし、エリーはきれいだったから、当然、彼は誘いを受け入れた。でも、それはエリーがほぼ全裸になってアダムの下で仰向けになるまでの話だった。アダムはブレイデンのためにもエリーのためにもこんなことはできないと説明し、尻込みした。ブレイデンに許してもらえないだろうし、自分で自分を許せないからと。それを単なる一夜の情事みたいなものだとアダムが考えていることがわかり、エリーは立ち去った。壊れた心と傷ついた自尊心を密かにいたわりながら。

二人の間にそんなことがあったとは思いもよらなかった。アダムといる時のエリーは超冷静なのだ。状況が変わってほしくないから、すべて問題ないように全力を尽くしているのよとエリーは言った。それがうまくいっているのは目にした——確かにエリーは頑張っている。でも、アダムを見るエリーの目に、柔らかくてもっと多くを求める表情が浮かぶ時があった。考えてみると、アダムがエリーを見る目にももっと何かを求める表情が浮かんでいた。問題は、彼がエリーにただ欲望を感じているだけなのか、もう少し深い感情があるのかわからないことだ。好奇心ではち切れそうだったけど、わたしが出る幕じゃないことは心得ている。だから余計な口出しはしなかった。

すっかり秘密を打ち明けてしまうと、エリーはわたしの家族や過去についてまた聞き出そうとした。

わたしはエリーを締め出した。

ドクター・プリチャードの話によると、まだ時間がかかるらしい。今のところ、わたしは自分を解放できない。優秀な医師がどんなことを言ったところで、自分を解き放てるかどうか自信はなかった。

「またライターズ・ブロックなの？」

座ったまま振り返ると、エリーが入り口に立ち、A4のマニラ封筒を振っていた。顔をしかめ、ノートパソコンを閉じた。「Tシャツに〝ライターズ・ブロック〟とプリントしてもらうべきかもね」

「もうすぐ終わるわよ」

返事の代わりに唸り声をあげた。

「それはともかく、頼むのは嫌なんだけど……」

「どうしたの？」

エリーは再び封筒を振って見せた。「昨夜あなたが仕事に行ってる時、ブレイデンがここへ立ち寄ってこの書類を忘れていったの。それでたった今電話があって、これをオフィスへ持ってきてくれって言うのよ。二時間後の会議で必要だからって。でも、わたしは授業があるでしょ――」

どきりとした。「それをわたしに持っていってほしいのね」

エリーの目は愛らしく見開かれた。「お願い」と懇願する。

まったくもう、サイテー。最悪。ぶつぶつ言いながら立ち上がり、エリーから封筒を受け取った。「ブレイデンのオフィスはどこ?」

住所を教えられ、そこが波止場の近くだとわかった。となると、時間までに着くにはタクシーに乗らねばならない。出かける前にシャワーを浴びなくちゃならないから。

「ほんとに恩に着るわ、ジョス」エリーはにやりと笑い、後ずさりを始めた。「もう行かなくちゃ。じゃ、後でね」

そして出かけてしまった。

ブレイデンのところに行かなくちゃならない。まったく、なんてこと。胸がざわめくのを無視しようとしながら、腹を立てて動き回った。小声でぼやきつつ、シャワーを浴びて着替える。外はかなり暖かいから、ジーンズと薄手のセーターという服装にした。スコットランドでは氷点下の気温じゃない時に上着なんか羽織ると目立ってしまい、観光客だと思われる。ジョークではない。ちょっとでも陽が射せば、スコットランドの人はシャツを脱いでしまうのだ。

鏡に映った姿をまじまじと見た——ごく薄いメイクをし、髪をねじって適当なシニヨンにした。セーターはキュートで胸の谷間がわずかに覗いている。けれど、ジーンズは古びて色あせていた。そう、ブレイデンがわたしの格好をどう思うか考えなかったわけではない。だからといって、いつもの自分を変えるつもりはなかった。ほかの人間を感心させるためにドレスアップしたことはない。自分の彼女の脚は長い方がいいし、胸は小ぶりな方が良く、髪はブロンドに近い方がいいという男に、わたしがふさわしくないのは確かだった。

タクシーには永遠に乗っているみたいな気がした。石畳の道を数えきれないほど何度もバウンドしていつものように少し乗り物酔いになった頃、ようやくタクシーは目的地に着いた。降りたのはコマーシャル・キーで、わたしは終点が海へ通じている水路に沿ってぶらぶら歩いていった。右側には駐車場があり、左側には商業ビルがいくつも建っている。ブレイデンのオフィスが入った建物には建築家や会計士、歯科医のオフィスもあった。あちこち歩き回ったあげく——恥ずかしいことにエレベーターの中でうろうろしてしまった。乗り込んだ側と反対側の扉が開いたのだ——わたしは上品な受付のところにいた。

ブロンドの受付係は予想とまるで違った。エロディくらいの年代の女性だったけど、体重は少なくとも十キロは上回りそうだ。それにとても親しみやすい、輝くような笑顔を向けてきた。名札には〝モロンク〟と書かれている。てっきり長身で細身の美女がわたしのジーンズを見て嘲笑い、建物から追い出そうとするだろうと思って身構えていたのに。このオフィスで間違ってないわよね？

「ご用件は何でしょうか？」モロンクは相変わらずにこにこ笑っている。

「あの……」あたりを見回し、ここがブレイデンのオフィスだという看板でもないかと探した。「ブレイデン・カーマイケルさんにお会いしたいのですが」

「面会の予約はございますか？」

オーケイ、やっぱりここは彼のオフィスなのね。デスクに歩み寄り、封筒を振った。「彼は妹さん——わたしのルームメイトなんですが——のところにこの書類を忘れていって、それで、持ってきてくれと彼女に頼んだんです。彼女は都合が悪かったので、わたしが引き受けたというわけです」

不可能に思えたけれど、モロンクの笑みはさらに大きくなった。「まあ、なんてご親切に。お名前を伺えますか？」

「ジョス・バトラーです」

「少々お待ちください」モロンクはデスクの電話の受話器を取るなり話し出した。「あなたの書類をお持ちのジョス・バトラーとかいう方がいらしています、ミスター・カーマイケル」彼女はええ、ええと相槌《あいづち》を打った。「そういたします」受話器を置き、わたしにほほえみかけた。「ミスター・カーマイケルのオフィスにご案内します、ジョスリン」

歯を食いしばった。「ジョスです」

「ええ、ええ」

ブレイデンがわたしをジョスリン以外の名で呼ぼうとしないだけでも腹が立つのに、ほかの人にもそう呼ばせる必要なんてある？　陽気な中年の受付係の後をついて狭い廊下を歩き、角のオフィスへ辿《たど》り着いた。受付係がノックすると、深みのある声が応えた。

「入りたまえ」声を聞いて震え、この二週間、これを聞きたかったのだろうかと一瞬考えた。

「ジョスリンをお連れしました」ドアを開けながらモロンクが告げた。

モロンクの横を通って中に入ると、後ろでドアの閉まる音が聞こえた。わたしたちだけにして、彼女は立ち去った。

思ったよりもオフィスは広く、波止場を見下ろせる大きな窓があった。実に男性的な部屋で、大きな胡桃材のデスク、革張りの椅子、黒革のソファ、そしてフォルダーやハードカバーの本がずらりと並んだ頑丈そうな書棚がある。部屋の隅には金属製のファイルキャビネットがいくつか置いてあった。ヴェネチアを描いた大きな絵がソファの上の壁に掛けられ、書棚の上にはブレイデンがエリーやアダムや、自分の家族やエリーの家族と写った写真が額に入って並んでいる。わたしの背後の片隅にランニングマシンとベンチプレスがあった。

ブレイデンはデスクに腰を乗せ、長い脚を伸ばしてわたしを見ていた。彼の姿を目にすると、またぞくぞくし、両脚の間にお馴染みの疼きを感じた。なんてこと、記憶していたよりもうんとセクシー。

やだ、もう。だめだったら。

「こんにちは」封筒を振って見せた。気の利いた言葉で切り出すのよ、ジョス。うまくやりなさい。

ブレイデンはにっこりした。頭のてっぺんから爪先まで視線を走らされて品定めされ、わたしは凍りついた。唾をごくりとのむ。心臓が激しく打っている――ブレイデンにこんな目で見られたのはホリーとバーにいたあの夜以来だった。「会えてうれしいよ、ジョスリン。本当に久しぶりだな」

そう言われてうれしくなった気持ちを抑え、つかつかと彼のところへ歩いて封筒を差し出した。「あなたにはこれがすぐ必要だと、エリーが言っていたわ」

ブレイデンはうなずき、なおもわたしに視線を据えたまま書類を受け取った。「持ってきてくれてありがたい。タクシー代はいくら払えばいいかな？」

「いらない」首を横に振った。「たいした額じゃないから。どっちみち、机に頭を打ちつけてるところだったし」

「ライターズ・ブロックかい？」

「ライターズ・セメントの方がふさわしいわね」

ブレイデンはにやりと笑った。「そんなにひどいのか？」

「最悪よ」

ブレイデンは同情するようにほほえんで立ち上がり、わたしたちの体は触れそうなほど近づいた。仰向いて彼の目を見た時、ひゅーっと音を立てて息を吐き出してしまった。

「ここ何回か、きみとの約束をすっぽかしてすまなかったな」

まるでデートをすっぽかしたみたいな口振りね。戸惑って笑い声をあげた。「かまわないわ」

「昨夜、フラットに立ち寄ったが、きみはいなかった」

「仕事に行ってたの。追加シフトでね」わたしは後ずさった。少し距離を置けば、かっかと火照る体が落ち着くのではないかと思って。

ブレイデンは笑みを浮かべたようだったけど、振り返って書類をデスクに置いた。

「この前会った時、ぼくが言った何かのせいで、きみは安全な場所に逃げ込んだんじゃないかな。それとも、ぼくといた誰かのせいかい？」

傲慢なろくでなしね。わたしはばかにするように笑い声をあげた。「ヴィッキーのこと？」

ブレイデンは気取った様子でこちらを見ている。「嫉妬していたのか？」

本当に今、こんな会話をしてるのよね？　ブレイデンには二週間も会っていなかった。そして……会ったとたん、これよ！　彼の自惚れにびっくりして笑みを浮かべながら、わたしは胸の前で腕を組んだ。「ほんと、この部屋になんとか入り込めたのが驚きね。あなたの特大の自惚れ心が部屋中を占領してるから」

ブレイデンは声をあげて笑った。「とにかく、きみは何かの理由で逃げ出したんだろう、ジョスリン」

「一つ言わせて。ジョスリンとは呼ばないで。ジョスよ。J‐O‐S‐S。ジョスなの。それからもう一つ。どうしてだか、わたしを〝家族〟だと匂わせたでしょう。知り合ってたった数週間しか経ってないのに」

この話を理解しようとして、ブレイデンは眉をしかめた。再びデスクにもたれ、考えながら広い胸の前で腕組みする。「そんなことをしたかな？」

「したわよ」

不意にブレイデンはしげしげとわたしの顔に視線を走らせた。目にはあらゆる疑問があふれている。「エリーからきみの家族の話を聞いたよ。気の毒だ」

全身が強張り、ブレイデンのせいで熱くなった体から体温が奪われた。まるで彼がエアコンをギンギンにきかせたかのように。何が言えるだろう？　家族のことでブレイデンに大騒ぎされたくない。精神分析されるのもまっぴら。「ずっと前の話よ」

「そういうことをほのめかしたとは思わなかった。つまり、家族のことだが。しかし、いろんなことがはっきりわかり始めた。エロディのところでのディナー……きみが逃げ出したこと――」

「やめて」ぴしりと言い、彼の方へ三歩前進した。「ブレイデン、やめて」傷ついた獣さながらに嚙みつきたくなる衝動を抑えようと声を殺した。「その話はしないわ」

まじまじと見つめられ、ブレイデンが何を考えているのかと思わずにいられなかった。頭がおかしい奴だと思われたの？　かわいそうな奴だとか？　それが気になる？　するとブレイデンはただうなずいた。「わかった。話す必要はない……」

安堵感に包まれ、わたしは一歩後ずさった。でも、ブレイデンが距離を詰めたので、再び体が触れそうになった。「天気が良ければ、今度の土曜にメドウズでピクニックをしようと思っているんだ――最近、エリーとあまり過ごさなかった埋め合わせに。アダムも誘うつもりだ。きみも来ないか？」

「状況によるわね」また皮肉っぽい口調で言い、あまり平静を失うまいとした。「あなたが食べるサンドイッチにわたしが嫉妬するとでも、ほのめかすつもり？」

ブレイデンは吹き出した。思い切り大笑いする様子を見て、心の中がほかほかした。

「そんなことを言われても当然だな」さらに彼が近づいたので、わたしは後退するしかなかった。「だが、ぼくを許して、ピクニックに来てくれないか？　友達として」〝友達〟という言い方にはわざとらしい皮肉な響きがあった。

疑いを込めた目で見てやった。「ブレイデン……」

「ただの友達だよ」わたしの口に向けられた瞳の色が濃さを増す。「言っただろう。きみに芝居ができるなら、ぼくにもできる」

「芝居なんかしてないわ」これはわたしの声？　熱を帯びてかすれている。

信じられないな、とばかりにブレイデンは薄笑いを浮かべただけだった。「ぼくの演技力はきみにずいぶんプレッシャーをかけられているよ」

「演技力？」

「ジョスリン、芝居をすることに関してだが」ブレイデンはさらに一歩前進し、意を決したように目を細くした。「ぼくはうまかったためしがない」

ウソでしょう、ブレイデンはキスしようとしている。ひどいジーンズを穿いてひどい髪をして彼のオフィスにいるわたしに、キスするつもりなのだ。

「ミスター・カーマイケル、ミスター・ロジングスとミズ・モリスンがこちらでお待ちです」インターコムからモロンクの声が響き、ブレイデンの体が強張った。

安堵と失望の混じった奇妙な感情が込み上げ、わたしはそわそわと一歩下がり、ドアの方へ向きを変えた。「お仕事に取りかかってちょうだい」

「ジョスリン」

くるりと向き直ったけれど、ブレイデンの目だけは見まいとした。「何?」

「ピクニックのことだが? 来てくれるかい?」

まだ耳元では血の流れる音がどくどくと聞こえ、キスへの期待で全身が張りつめていたけれど、そんなものはすべて押しやった。この人が誰なのか、どれほどどきどきさせられたかを思い出しながら。つんと顎を上げ、ブレイデンと視線を合わせた。「あなたの妹のルームメイトとして伺うわ」

「ぼくの友達としてではないのかい?」からかいの口調だった。

「わたしたちは友達なんかじゃないのよ、ブレイデン」ドアを引き開けた。

「ああ。友達ではない」

振り返って表情を見る必要もなかった。彼の言葉から感じ取れたのだ。急いで廊下を歩き、なんとかモロンクにさっと手を振ると、エレベーターに飛び乗った。ブレイデンから連れ去ってくれるエレベーターに。一体何が起きたの? 男女の関係抜きの、親しみやすいブレイデンはどこへ消えたのだろう? なぜ、あの〝スーツ男〟が戻ってきたの? わたしは彼のタイプじゃなかったはずなのに。だから、自分は安全だと思っていた。

〝ああ。友達ではない〟頭の中にその言葉が何度も何度も響く。建物の外に駆け出して新鮮な空気を吸った。あの言葉が問題なのではなかった。彼の口調のせいなのだ。性的な意味合いがたっぷりと込められていた。

最悪。

10

ブレイデンのピクニックには行かなかった。

まあ、行ったことは行ったけど、行かなかったのと同じ。

わたしから目を離そうとしない、〝タクシーに乗った時の超セクシーなブレイデン〟に彼が戻ったことに驚愕して困惑した気持ちを、どう考えたらいいかわからなかったのだ。それに、そう、びくびくしちゃったし！　そんなわけで、逃げるという臆病者の手段を取ろうと決め、リアンを丸め込んで逃げたがっていると思われないようにして――理由についてはリアンにも嘘をついて――脱出を助けてもらうことにした……。

その土曜日は驚くほど暑い日で、メドウズ――エディンバラ大学のそばにある、街の反対側の大きな公園――は日光浴やスポーツをする人でにぎわっていた。ブレイデンはなんとか日陰に場所を確保していた。アダム、ジェンナ、エド、そしてブレイデンはエリーとわたしがそこへ近づいていった時、すでに勢揃いしており、あたりの笑い声や子供の大声、犬の吠える声が幸せそうな雰囲気を醸し出していた。申し分ない日で、メドウズの雰囲気には満足感がみなぎっている。束の間、ここにいたいと思った。

「あの……」わたしはブレイデンが持ってきた大型バスケット二つをじっと見下ろした。途方もなく大きくて、彼がハロッズのディスプレイ商品を盗んできたと聞いても、驚かなかっただろう。「これをピクニックと呼ぶの?」

わたしたちが着くと、ブレイデンは立ち上がってエリーを横から抱き締め、美しいシエニール織のブランケットに置かれたバスケットを誇らしげに指し示した。わたしの問いに彼は困惑したらしい。「そうだよ」眉を寄せてわたしを見る。「きみならどう呼ぶんだ?」

「芝生の上の五つ星レストラン」

ブレイデンは皮肉を込めた楽しそうな様子で唇の端を歪めた。「レストランの従業員に用意させたんだ」

「どんなレストランなの?　五つ星?」

「ジョスはお兄さんやお兄さんのお金をからかってるのよ」エリーは兄ににやりと笑いかけた。「ちょっと豪華すぎるもの」

ブレイデンは不満そうな声をあげた。「こいつは飛びっ切りのピクニックなんだ。座って食べろ。余計なことは言うな」

エリーはくすくす笑ってアダムの隣にぺたんと座った。彼はエリーの肩に腕を回し、ぎゅっと抱き寄せた。「会えてうれしいよ、エルス」

「うん、わたしも」エリーはにっこりしたけれど、少し身を引いた。わたしは片方の眉を上げた。どういうことなの？

「ほら」

見上げると、ブレイデンが手を差し伸べていた。目には紛れもなく熱いものがたぎっている。

その時、完璧なタイミングでリアンがわたしを救ってくれた。

携帯電話が鳴り、目顔で謝ってポケットから引っ張り出した。「あら、リアン」背を向けて数歩離れた。電話の向こうでリアンが話している内容をみんなに聞かれないように。

「緊急事態なの」リアンは一本調子で話した。「ピクニックを中止してもらわなきゃ」

「え、まさか、ウソでしょ」わたしは調子を合わせ、相手を宥めすかすような口調で話す。「大丈夫？」

「まったくもう、ジョスったら。あんたは嘘がつけると思ったのに」リアンはぶつぶつ言った。「あんたの話し方ったら、人間が〝心配してる〟っていうのがどんなものか聞いたことはあっても、どう言えばいいかわかんない宇宙人みたいよ」

歯を食いしばり、リアンの言うことを無視した。「もちろん、今話せるわよ。ちょっと待っってて」少し間を置き、〝心配してる人間らしい〟様子を表そうとしながらブレイデンと仲間のところへ戻った。眉を寄せるというより、しかめっ面になってる気がしたけれど、どうでもいい。「ごめんなさい、またの機会に誘ってもらわなきゃだめみたい」

エリーが気づかわしげな様子で立ち上がった。「大丈夫？　わたしも行く？」

「ううん、大丈夫。ただリアンには話し相手が必要なだけだと思うの。待てないらしくて。ごめんなさい」ちらとブレイデンに視線を向けると、単にこちらを眺めているだけじゃないのがわかった。じろじろと観察しているのだ。疑わしげに。あわてて俯いた。

「じゃ、またね」みんなからのさよならの声を背にして場を離れながら、携帯電話を再び耳に押し当てた。「心配だわ」リアンにぶつぶつと言った。

「あんたを知ってる人なら、心配してる時にそんな話し方をしないとわかるはずよ」

「まあ、運のいいことに、あの人たちはわたしをよく知らないのよ」もしかしたら、知ってるかもしれないけれど……確かにブレイデンは妙な目つきでわたしを見ていた。

「じゃ、あんたは本当にこのエドとかいう男が嫌いなのね？」

どんな嘘をついたか思い出し、たじろいだ。リアンにブレイデンのことをいっさい知らせたくなかったから、エリーの友達のジェンナの婚約者であるエドが変わり者なのだと嘘をついた。彼といたくないけれど、ピクニックを断ってエリーの気持ちを傷つけるのも嫌なのだと。エドの悪口を言ったことは気がとがめたものの、あまり問題ではないだろう。エドとリアンが会うことなんてなさそうだから。

「うん、嫌いよ」

「あのね、その話、信じられないわね」

あやうく躓《つまず》きそうになった。「信じられないって、何が？」

「ジョス、エリーのことはしょっちゅう話してくれるじゃないの。彼女なら、いやったらしい変わり者なんかとつるみそうにないってくらい、話を聞いてればわかる。やっぱり、あんたはまったく嘘がつけないのよ」

ふん！　それは違うからね！「嘘ぐらいつけるわよ。すごくうまいんだから！」

「へえ、結構ね。そんなことを叫んでごらんなさいよ。まだみんなから充分に離れてはいないんでしょ」

しまった。あたりを見回し、盗み聞きされないくらい、みんなとの距離があるか確かめた。大丈夫。どきどきが治まった。「あなたって腹の立つ人ね」たった今世話になったことを忘れて、わたしは文句を言った。

リアンは威嚇《いかく》するような声を出した。「あたしに嘘ついてるよね。真面目な話、何が起こってるの？」

ため息をついた。「このことは話さなくてもいいってわけにはいかない？」

「だめ」

「お願いよ、リアン」

「セラピストには話したの？」

なぜ、そんなことを尋ねるのかと思いながら顔をしかめた。「ううん……」

「いいわ」リアンは大きなため息をついた。「尋ねないでいてあげる。セラピストに話すと約束してくれるならね。あんたは嘘をつくかもしれないけど、約束は破らない人だとわかってる」

「リアン――」

「約束して」

わたしは首を横に振った。「セラピーを受ける価値もないものよ」

「あたしに嘘をつく価値のあるものなら、セラピーを受ける価値があるってことよ。しゃんとしなさいよ、ジョス。そして約束して」

「わかった」同意した。リアンが不機嫌な言い方をするのは、いい友達としての彼女なりの方法だとわかっていたからだ。


ドクター・プリチャードはデスクに花を飾っていた。わたしは頬を緩めた。わたしの言葉を覚えていてくれたのだ。

「ブレイデンと過ごさなくても済むように嘘をついたのね？」

もじもじした。リアンに約束なんかさせられなければ良かったのに。「はい」

「前に、ブレイデンに惹かれているのかとわたしが尋ねた時は、〝惹かれていました〟という答えだったわね。過去形だった。本当のことを話していたのかしら？」

いいえ。「たぶん違います」

「じゃ、今も彼に惹かれているのね？」

ああ、まったくもう……。「彼に惹かれてるほど、誰かに惹かれたことはありません」

善良な医師は皮肉っぽい微笑を向けた。「わかったわ。でも、ブレイデンはあなたに関心があることをはっきりと示しているのに、彼を避けているのね。彼が怖いの、ジョス？」

正直に言えってこと？　「はい」

「ブレイデンとはどんな関係にもなるつもりはないってことね？」

「わたしの過去の男性経験について話したのを、先生は聞いてませんでしたか？」

「ああいうこととは話が別よ。そもそも、ブレイデンはあなたが知っている人でしょう」

「彼とはいっさい関わりたくないの。わかります？」

「この男性にとても惹かれていると話してくれたばかりじゃないの。彼の話をする時、あなたが好意を持っていることは見え見えだったわ。だから、大丈夫だなんてことは言えないの――あなたは彼と関わりたいと思うことを望んでいないのよ」

「同じ意味じゃありませんか」

「いえ、違うわ。なぜ、彼を恐れているの、ジョス？」

「わからない」言い返した。こんな話題にも、こんな話をわたしにさせることにしたリアンにも腹が立っていた。「ただ、彼とは何も始めたくないだけです」

「なぜ、嫌なの？」

まったくもう。この女性と話すのは煉瓦《れんが》の壁を相手にするようなものだと思う時がある。「物事が面倒なことになるから。エリーとわたしとブレイデンとの間の。それが嫌なんです」

ドクター・プリチャードは首を傾げた。何を考えているのかわからない。表情を隠すのがうまいのだ。「ジョス、もしかしたらもう、五十歩先のことを考えるのはやめて、自然のままの成り行きに任せる頃じゃないかしら」

「この前そうした時は、目が覚めると、見知らぬ男二人に挟まれてベッドで寝てました。パンティも穿かずにね」

「さっきも言ったけれど、そういうこととは事情が同じじゃないのよ。あなたは前と違う人間だし、ブレイデンは見知らぬ人ではない。あなたが望まないことをしろと命じているわけじゃないし、頼んでいるわけでもないわ。ブレイデンに関してでも、そのほかのことでも。けれども、未来のことを予測するのはやめて、毎日をそのまま受け入れるよう、提案するわ。永遠にそうしろと言うんじゃないのよ。数カ月とも言わない。何日か試してみて。数週間ならさらにいいけれど。怖いのはわかるわ。でも……やってみてちょうだい」

ここ最近そうしてきたけれど、今は毎週土曜日に〈クラブ39〉で働いていた。エリーは夕食の時間頃に帰宅した。ピクニックを満喫してきた彼女は、勤めに出る前に必要な食べ物をわたしがかき込む間、一緒に座りたがった。

「それで、リアンのことはすっかり大丈夫なの？」エリーは眉間に少し皺を寄せて尋ねた。

罪悪感で喉が塞がった。ブレイデンに嘘をついたことはたいして後ろめたくもない。なぜなら、よこしまな目つきと誘惑的な微笑を持った、すごくセクシーな略奪者に彼が戻ったことこそ、そもそもわたしが嘘をつくしかなかった唯一の理由だから。でも、エリーに嘘をついたことはまったく別問題で、かなり落ち着かない気持ちになった。

口の中一杯のパスタをもぐもぐ嚙み、うなずいてエリーの視線を避けた。その件について話したくないのだと、察してもらえることを願いながら。

エリーが無言なので、わたしは目を上げ、興味津々の眼差しで見つめられていることに気づいた。ごくりと唾をのむ。「どうしたの？」

彼女は肩をすくめた。「別に……ブレイデンが家まで送ってくれる途中、歩きながら言っただけ。思うに、もしかしたら……ピクニックから逃げるため、あなたがリアンからの電話のことで嘘をついたんじゃないかって」

まったくもう、なんて自惚れの強い男なの！

彼の言う通りだってことなんて、どうでもいい。

大笑いして見せた。「何のこと？　ブレイデンが原因だとでも？」

エリーはまた肩をすくめた。「ブレイデンの言う通りなの？」

いっそう視線を避けた。「違うわよ」

「とにかく言っとくけど、ブレイデンが何か企んでる気がするの」

片方の眉を上げた。「どんな風に？」

エリーはため息をつき、椅子の背にもたれた。「ブレイデンがどんな行動に出るのかなんて誰にもわからないのよ。ただ、わたしはいろんな兆候を読み取れるようになったの。本人が思ってる以上に、ブレイデンのことがわかってるわ。ブレイデンはあなたに惹かれてるのよ、ジョス。実際、ブレイデンがあんまり忍耐強いから、感心してるくらい。でも、それはなんとしてもあなたを手に入れる方法を計画してるからだと思うわ」

仰天した気持ちを隠すこともできなかった。わたしは座り直し、束の間食べるのをやめた。「惹かれてる？　なんとしても手に入れる、ですって？」

「ブレイデンのセックスライフにはムカつくけど、嫌でも話が耳に入ることはあるの。で、いつも狙った獲物を獲得すると聞いてるわ」

わたしは鼻を鳴らした。「ねえ、エリー、ほんとにわたしをブレイデンが求めてると思う？　全然彼のタイプじゃないのよ。ジョスリン・バトラーはスーパーモデルとして登場してるわけじゃないんだから」

エリーはほほえましいほど困惑した様子だった。「冗談言ってるんでしょ？」

「うーん……何のこと？」

「あなたのことよ」彼女は憤然として指を突きつけた。「あなたはすごくセクシーよ、ジョス。確かに、ブレイデンがいつも選んでるみたいな、コートハンガー並みに痩せた美女たちとは違う。でも、素晴らしい目を持ってるし、テレフォンセックスにぴったりのハスキーな声だし、わたしにはうらやましくてたまらないほど胸が大きい。それに、すごくイカしてて楽しい性格とはそぐわない、超然とした態度。嘘じゃないわ。男の人たちが話してるのを聞いたことがあるもの。あなたは一味違うんだって。男の人って、そういう女性にはチャレンジ精神を掻き立てられるものなのよ。あなたはホットだわ」

呆然とした。本当にそんな風に見られてるの？　気恥ずかしくなってフォークを取り上げ、またパスタをもぐもぐと嚙んだ。「まあ、どうでもいいけど」

目を上げなくても、エリーがほほえんでいるのはわかった。「鏡を見た方がいいわ」

わたしは肩をすくめた。

それからエリーは黙り込み、どうかしたのかとわたしは顔を上げた。彼女はもうほほえんでいなかった。「ブレイデンがどんなに否定しても、あなたに関心を持ってるのよ、ジョス。今までつき合った相手については一度もそんなことがなかったのに、あなたのことをいろいろ尋ねてくるの。ほんとの話、ブレイデンが次々にデート相手を変えるせいで、わたしはこれまでに少なくとも三人は友達をなくしてる。そんなにはあなたのことを話してないわよ――」

わたしの家族のことをブレイデンに話したじゃないの。

「――だって、あなたはお喋りじゃないものね。だから当然、ブレイデンはなおさら好奇心をそそられてるの。前にも言ったけど、ブレイデンは望んだものをいつも手に入れるのよ」

「頼むから」不機嫌に言った。「少しはわたしを信じて。欲しいものを獲得し慣れてる人だからって、そんなセクシーな男性のベッドに転がり込んだりしない。ねえ、わたしだって欲しいものを手に入れるのに慣れてるのよ。願ってるのは、ブレイデンのベッドに転がり込まないこと」

でも、エリーはわたしの話など聞いてなかったようだ。「もし、抵抗するのをやめるんだったら、大事にしてあげてね？　ブレイデンは前にひどい扱いを受けたの。二度とああなってほしくないわ」

思わず手からフォークが落ち、皿に当たって音を立てた。ショック状態になったのはわたしの指だけじゃなかった。「ちょっと待って。あなたはわたしがお兄さんを傷つけないかと心配してるの？」

エリーは謝るように口元を緩めた。「あなたはいい人よ。だから誰も信じないってことは、あなたを大切に思う人にはとても辛いの。ブレイデンが誰かを大切にする時はね、相手のことを何もかも知らずにはいられないのよ。万全を期して守ってあげられるように。ブレイデンは人から信用されないと気が済まないの。実際、信用がある人なんだけど。あなたとつき合い始めて心の中に入ることを拒まれたら、きっと傷つくに違いないわ」

これまでそういう道を歩いてきた。たいていの場合、〝あなたはいい人よ。だから誰も信じないってことは、あなたを大切に思う人にはとても辛いの〟と言われたものだ。

「わたしのせいで傷ついてるの、エリー？」彼女の答えをどれほど恐れているか、自分で認めたくなかった。

エリーは大きく息を吐き出し、どう言おうかとじっくり考えているようだった。「最初は傷ついたわね。でも、傷つけるつもりがあなたにないとわかったことが助けになってる。もっとわたしを信じてほしいと願ってもいいのかしら？　いいと思うわ。わたしはそれを無理強いするつもり？　ううん、違う」彼女は立ち上がった。「ただ知っておいてほしいのは、本気で信じてくれる決心がついたなら、わたしがそばにいるってこと。何でも話してくれていいのよ」

　喉が塞がり、わたしはうなずくだけだった。気まずさを振り払おうとして、エリーは歯を見せて笑った。「今夜はブレイデンとアダムと出かけるの。今日、ちょっとアダムに冷たい態度を取ってやったわ。彼、怒ったみたいだった」

　ふうん、何を企んでるの、お嬢さん？「アダムとゲームをしてるわけ？」

　エリーは顔をしかめた。「昨日、わたしとデートしたいと言ったニコラスにアダムが警告していたことを知ったの。だから、そう。ニコラスとデートするつもり」

「うわ、ちょっと待って」すっかり面食らって、皿をもう完全に押しやった。ニコラスには会ったことがある。アパートメントに何度かやってきたエリーの友人の一人だ。彼女と同じ学部でチューターも務めている。「アダムは何をしたの？」

「わたしは昨日、何カ月もデートしてないわって冗談を言ったのよ。そしたらニコラスが言ったの。デートしたがる男たちをアダムが脅して止めてなければ、きみもデートしてただろうに、って。何が何だかわからなかった。するとニコラスが何カ月か前にわたしをデートに誘おうと思って、場所はどこがいいかアダムにアドバイスを求めに行ったことを説明してくれたわ」そのことを思い出してエリーは歯を食いしばっていた。「アドバイスするどころか、アダムはわたしに近づくなとニコラスに警告したの。痛い目に遭わされたくないならやめろと。わたしから離れてろと言ったのよ。理由も説明せず、ただ〝離れてろ〟って」

信じられない思いで声をあげて笑った。「で、言うまでもなく、アダムは逞しい体格だし、ニコラスときたら、小枝みたいなスナック菓子のトゥイグレッツの宣伝にぴったりって体形だもの。ニコラスは引き下がったってわけね」

「その通り」

「アダムったら、どういうつもりなの？」

「わたしもそれを知りたいのよ。アダムのせいでひどい目に遭ってるんだから、今度は彼をやっつけて楽しんでやるわ」

エリーのこんなところが好きなのだとわたしは認めないわけにいかなかった。エリーをいいようにあしらえると思ってる人たちは勘違いしている。彼女ににやりと笑いかけた。「じゃ、よそよそしい態度を取ってやるわけね？」

生意気そうに笑い返したエリーは、悪戯好きな天使みたいに見えた。「今夜は全力を出すわよ。アダムの機嫌が悪くなるかどうか確かめるため、誰かといちゃついてやるかも。それから、一体どういうつもりなのと尋ねてやるわ。友達以上の関係を望まないと言ったのはアダムなんだから」

「いつもなら相手を試すようなことを認めないけど、今度の場合、アダムはそうされても当然ね。こそこそとほかの男性を脅して追っ払ってたなんて信じられない。次の報告を楽しみにしてるわよ、ミス・カーマイケル」

エリーは笑い声をあげ、今夜の支度をしようと急いで出ていった。わたしは残っていた料理を食べ終え、ざっとシャワーを浴びて店へ出かけた。

今夜のシフトにはクレイグと、前に何度か一緒に働いたことのあるバーテンダーのアリステアが入っていた。二人は楽しそうだったし、バーは繁盛している。目一杯わたしを笑わせようとするクレイグとアリステアと一緒だと時間は飛ぶように過ぎ、楽しかった。わたしたちの陽気なムードがクラブの雰囲気に伝わり、人々はバーカウンターの周りに集まって飲み物をすすったり、わたしやクレイグたちを相手にするだけでなく、お互いの気さくな会話を楽しんだりし始めた。

「このカクテルをキャッチして見せるよ」クレイグがバーカウンターからわたしに叫んだ。「そしたら、きみは降参して、今夜おれと一発やるんだぞ、ジョス」

客たちは忍び笑いをしたり、大声で笑ったりした。わたしはクレイグににやりと笑い返しながら、前にいる女性たちにジャック・ダニエルを二杯とコークを注いだ。「だめよ、トム・クルーズ」

クレイグの反射神経は見事だ。わたしならグラスをつかみ損なうに違いない。

「きみのせいで胸が痛むよ、ダーリン」

手を振って彼をあしらい、客に飲み物を渡して代金を受け取った。

「ぼくとならどうだい、ジョス?」アリステアが誘惑的な微笑を向けてきたけれど、からかっているだけなのはわかった。ネピア大学で勉強しているアイルランド人の女性と婚約して幸せそのものなのだ。とはいえ、忠実な男性ではあっても、彼もクレイグ並みにいちゃつくのが好きだった。

「うーん、考えておくわ」クレイグの耳に入るくらいの大声でふざけて言い返してやった。

クレイグは芝居がかって苦悶の呻き声をあげ、飲み物を用意してやっている魅力的な女性に向かって口を尖らせた。「彼女のせいで死にそうだよ」

女性はくすくす笑い、クレイグに向けた目が輝いた。わたしは目玉をくるりと回した。クレイグが彼女の手を取り、自分の胸に当てさせたのだ。「感じるだろう。ぼくの胸が壊れているのを」

「あー、もう!」わたしはうんざりして天を仰いだ。「嘘っぽい芝居をまだやるわけ?」

「もちろん」

アリステアが鼻を鳴らした。「信じても信じなくてもいいけど、さっきのはクレイグが得意な台詞の一つだぜ」

クレイグは布巾でアリステアの頭をさっとはたいた。

わたしはくすくす笑いながら、ラム酒を取ろうとクレイグの前を通り過ぎざま、爪先立ちして頬にキスした。彼は何度か歓声をあげ、アリステアはブーイングした。

ばかみたいにふざけているうち、次の一時間があっという間に過ぎてチップの容器がたちまち一杯になった。クラブはますます混み合ってきたので、わたしは完全に仕事と同僚だけに集中していた。ブレイデンに見つめられた時に感じたのは、かなり意味があることなのだろうかと考えながら……。

鳥肌が立ったのを感じ、はっとして顔を上げ、人混みの向こうの入り口に視線を向けた。ブレイデンの後からバーに入ってくるアダムとエリーを目が素早く捉えた——そして長身でブルネットの女性がブレイデンの腕をしっかり握って隣を歩いている。

目が合ったけれど、ブレイデンはわたしに会釈すらしなかった。頭をちょっと下げてブルネットの女性に何か囁く。彼女はくすっと笑った。

なんだか胃がむかつき、わたしはエリーをパッと見やった。彼女は眉を寄せてブレイデンを見ていたけれど、アダムに顔をしかめて手を払いのけ、兄の後を大股で追いかけた。ブレイデンはテーブルの周りの革張りのソファに座っていた人々をどうにか言いくるめて席を詰めさせていた。自分と謎の女性、エリー、アダムが座れるように。

一行はソファに滑り込んだけれど、エリーだけは座らずに今やみんなをきつい目で睨みつけている。アダムがエリーに何か言った。エリーは首を横に振り、すっかり腹を立てた様子だった。アダムの方は険しい顔つきだ。彼はさっと手を伸ばしてエリーの腕をつかみ、引っ張って自分の横に座らせた。エリーは逃れようとバタバタしたけれど、アダムは片方の腕を彼女のウエストに巻きつけ、もう一方の手をヒップに当てた――さりげない仕草だったが、彼の力は明らかに強そうだ。何か耳に囁かれ、エリーは抵抗するのをやめた。

でも、険しい表情は崩さない。

わたしは心配になってブレイデンの方に目を向けたものの、彼はここまでのやり取りなど見ていなかった。ブルネットの女性とのお喋りで忙しそうだったのだ。

急いで背を向けた。不意に血がどくどくと流れる音が耳の中に聞こえ、胸が締めつけられた。

正直なところ、ブレイデンをどう考えればいいのかわからなかった。性的な意味のこもった視線を向けてくるかと思うと、次の瞬間にはわたしの存在すら無視する。とにかくブレイデンに影響されるつもりはない。客に飲み物を出し、アリステアの方を見た。

「友達が来てるの。注文を取ってくる間、わたしを抜きでバーを切り盛りできる?」

「もちろんだ」

胸がざわめくのを無視しながら、フロアに向かう。ばかげてるけれど、セクシーなタンクトップを着用させた経営者に感謝していた。ちらちら光るシフト・ドレスを身に着けたブルネットと比較されるのに、ちょっと骨を折って耐えなければならないなら、少なくとも、このタンクトップが自分に似合うとわかっている方がいい。

わたしが近づくと、氷河さながらのエリーの表情が柔らかくなった。ほほえんで、救われたといった顔をしている。

「ハイ、みんな」音楽にかき消されないように声を張り上げた。「飲み物のご注文は？」

「いや、必要ない」アダムがにっこりして答えた。「ダレンが買いに行ってるんだ」わたしの背後を指す。振り向くと、長身で身だしなみの良い、赤毛の男性が人混みをかき分けてバーへ行こうとしていた。

疑問を込めて眉を寄せた。「ダレン？」

「わたしの夫よ」

ブルネットの女性が答え、わたしは驚いてそちらを見た。ブレイデンの隣の彼女にじろじろと視線を走らせながら、目の前の光景と、今言われたことの意味を理解しようと頭を働かせる。ブレイデンの視線を捉えると、彼は冷ややかな薄笑いを浮かべていた。この女性を彼のバービー人形たちの一人だとわたしが推測したことを察したかのように。

「こちらはドンナだ。ダレンの奥さんだよ。ダレンは〈ファイヤー〉の店長をしている」

うわあ。

わたしは恥ずかしかった。

またブレイデンと目が合うと、彼の微笑は深まっていた。

ピクニックから帰ってきた時のエリーの言葉が頭の中をめぐっている。〝とにかく言っとくけど、ブレイデンが何か企んでる気がするの〟

まったくなんて男よ！　ブレイデンはドンナを自分のデート相手だとわたしに思わせたかったのだ。違うとわかった時、わたしの目に安堵の表情がきらめくのを見たかったのだろう。腹が立つわね。その通りになってしまったんだもの。

「初めまして」ドンナに会釈した。「ご主人をこちらに戻らせますね。あそこにいつまでも立っている羽目になるでしょうから。ご主人から飲み物の注文を聞いてお持ちします」

「ありがとう、ジョス」エリーは弱々しい笑みをわたしに向けた。

眉を寄せた。こんなに居心地の悪そうなエリーを見たくない。手を伸ばし、安心させようと彼女の肩をつかんだところ、アダムの手がまだヒップにしっかりとくっついていることに気づいた。エリーの頭越しに警告の視線をアダムに向けると、彼は困惑したように眉をひそめた。ブレイデンのことも、彼がどんなゲームを計画しているのかということも無視し、わたしは気取った足取りでダレンのところへ行って自己紹介した。そして飲み物の注文を記憶すると、ダレンを仲間のところへ帰した。

「あいつがまた来たんだな」クレイグがカクテルシェイカーを振りながら屈んで、わたしの耳に囁いた。

「誰が？」

「ここにいた時、ジョーが切りもなく話しまくってた男さ」

「ブレイデンね」うなずいてクレイグを見上げた。こんなに彼がそばにいたとは気づかなかった。顔が今にも触れそうだ。「ジョーはあの人を次のパパにしたがってたのよ」

「おれの背中にぴたりと当てられた短剣の感触からすると、あいつはほかの誰かさんのパパになることに関心があったみたいだが」

目をくるりと回して身を引いた。「わたしにはパパなんて必要ないのよ、クレイグ」

クレイグはブレイデンの方に視線をさっと投げた。「あいつには苛立つな。この前ここへ来た時はきみを自分の所有物みたいにじろじろ見てたし、今夜もそうだ。きみたちの間には何かあるのかい？」

「何も。言ったでしょ——わたしにはパパなんて必要ないの」

クレイグは疑わしげに目を細め、こちらを向いた。顔には悪戯っぽい笑いが浮かんでいる。「もしかしたら、おれには〝ママ〟が必要かもな」そしてわたしにキスした。片手をうなじに添えてわたしを動けなくさせ、口の中に舌を滑り込ませてくる。体をぴたりと密着させて。ショックで身動きできなかった。唇に触れる彼の唇の感触が驚くほど気持ち良くて、じっとしていた。クレイグがキスのやり方を心得ていることは間違いない。ヤジや歓声が聞こえて我に返り、彼の胸を片手で押しながら身を引いた。

「えーと……」まばたきし、何が起こったのか考えようとした。「今のは何だったの?」

クレイグはウインクした。「あっちの〝ミスター・お金持ち〟をムカつかせて、ホットな時間を過ごしただけのことさ」

信じられない思いで首を横に振り、クレイグを突き飛ばした。自慢げにそばを通り過ぎるクレイグにアリステアがにやりと笑いかけたのが目に入った。アリステアは見るからにうれしそうだ。エリーたちの飲み物の用意に戻ったわたしは顔を上げまいとした。ブレイデンがクレイグの言った通りの反応をしてるのか、知りたくない。ブレイデンがわたしに特別な感情を持っていてもいなくても、それを認めたくなかった。だけど忌々しいことに、エリーみたいに楽観的で筋金入りのロマンチストじゃなくても、ブレイデンがわたしに関心を持っていると気づいた人がいたことがうれしかったのだ。少なくとも、ありもしないものを自分が見てるんじゃないってわかったから。

わたしは単に混乱したホルモンの塊ってわけじゃないわよね?

トレイに飲み物を載せてバーカウンターから出ていき、〝クレイグ・ショー〟を見ていたに違いない客から「ヘイ、かわいこちゃん」と呼びかけられても無視した。人々をうまく避けながら、一滴も中身をこぼさずにエリーとそのご一行様のところへ飲み物を運んだ。

「はい、どうぞ」テーブルにトレイを置き、グラスを配り始める。

「ねえ、あれは何だったの？」エリーはグラスをわたしから取りながら、好奇心で真ん丸になった目で尋ねた。

なぜか、ばかな振りをすればうまく逃れられると思ってしまった。「何、って何が？」

アダムがぶつぶつ言った。「きみの喉に舌を這わせてた奴のことだよ」

ブレイデンの方を見られなかった。燃えるような視線を……そう……わたしを焼き尽くすような視線を感じていたから。肩をすくめた。「いかにもクレイグらしいってだけよ」

それから、もっと尋ねられないうちに逃げ出した。

でも、クレイグはわたしの口に舌を突っ込んだだけじゃ満足しなかった。その後の四十分間、彼の戯《たわむ》れに拍車がかかった。わたしの首筋にキスし、お尻を軽く叩き、セックス絡みの話で容赦なくからかって。

たぶん、キスされてもうろたえまいとしたわたしの態度が、こいつを動揺させてやろうという風にクレイグを駆り立てたのだろう。実を言えば、クレイグに考えを改めさせるようなことをわたしはしなかった。ブレイデンにメッセージを伝えようと決心していたのだ。

わたしたちは友達なんかじゃない、と。

そして友達じゃないものになることもない、と。

つまり、わたしたちは……どんな関係にもならないってこと。

「休憩時間だよ、ジョス！」休憩を終えてやってきたアリステアに後ろから布巾でピシャリと叩かれた。

ため息をついた。「その憎ったらしい布巾を武器代わりに使うのをやめないなら、取り上げるわよ。冗談抜きで、それ、必要あるの？」

アリステアはにやりと笑った。「何だって？　口にぼくの舌を差し入れてもらう方が良かったのかい？」

「面白いじゃないの」踵を返し、バーカウンターの奥からゆっくりと出て従業員室へ入っていった。そこは狭いロッカールームで、ソファが一つとキャンディマシン、雑誌が何冊か置いてある。右側のドアは支配人のオフィスへ通じているけれど、支配人のスーは平日の昼にフルタイムで働いているため、週末は隔週しか来ない。スーのオフィスに入ってドアを閉めれば、バーの騒音は消えてしまう。ブレイデンとクレイグのせいでわたしは頭がこんがらがり、アドレナリンが吹き出していた。コークの缶を持ってスーのオフィスに滑り込み、デスクの前にくずおれるように座った。

クレイグを煽《あお》ったのは間違いだった。いつもふざけ合ってるけれど、今夜は越えてはならない一線を彼が越えるのを許してしまった。何もかもブレイデンのことでわたしの頭がごちゃごちゃになってるせいだ。ドンナを彼の交際相手だと思った時に感じた、お腹を殴られたような気分が嫌だった。わたしが何かを感じたと、ブレイデンに見抜かれたのが嫌。すべて彼が企んだことじゃないかという気がするのも。

わたしたちの間にはどんなことも起こらないのだと、はっきり彼に知らせる方法を見つけなくちゃ。

オフィスのドアの開く音が聞こえ、はっとしてカーペットから目を上げ、立ち上がった。お腹の中のざわめきが激しくなる。ブレイデンが入ってきてドアを閉めたのだ。

わたしの顔に向けた彼の目つきは慎重だった。表情は硬く、曇っている。

ブレイデンは腹を立てているようだ。

「ここで何をしてるの？」

彼は答えない。わたしの目はまた自制心を失い、ブレイデンの体にじっくりと視線を走らせてしまった。スタイリッシュな黒のクルーネックセーターと注文仕立ての黒のズボンを食い入るように見てしまう。身に着けている唯一のアクセサリーは高価そうなプラチナのスポーツタイプの腕時計。派手ではないスタイルと、数日間は剃っていない髭のせいでとてもセクシー。

下腹部がきゅっと締まるのを感じ、歯を食いしばった。どうして彼はわたしをこんなに興奮させるの？　フェアじゃないわ。

反応を隠そうとしてコークをぐいっと飲んだ。「何なのよ？」

「ぼくは共有することが好きではない」

ちらっとブレイデンを見やった。あり得ないことだけど、最高に腹を立てているようだ。この狭い部屋の中で、ブレイデンは大きく威圧的に見え、わたしとの体格の違いがさらに際立っている。そうしたければ、虫けらみたいにわたしを潰すこともできるだろう。「え？」

彼は目をすがめた。「ぼくは共有することが好きではない、と言ったんだ」

ヴィッキーのことが頭に浮かんだ。「そんな風には聞いてないけど」

「言い換えよう」ブレイデンは激怒した様子で一歩前進した。「きみに関しては……誰とも共有したくない」

その言葉を考える余裕はなかった。信じられない思いでブレイデンを見つめたかと思うと、次の瞬間、コークの缶が床に吹っ飛び、彼とぶつかった反動でわたしはデスクにお尻を乗せていた。ブレイデンの体の熱さと力強さに圧倒される。彼は大きな手でわたしのうなじを捉え、もう一方の手で左の太腿を引っ張り上げた。両脚の間に体を入れ、デスクに乗ったわたしに覆い被さる。口がわたしの口に押し当てられたとたん、何週間もブレイデンを密かに求めていた欲望が体に火をつけた。ブレイデンにしがみつき、背中に両手を食い込ませ、ヒップに両脚を巻きつける。安堵のあまり唇を開くと、口の中に彼の舌が滑り込んできて舌をなぶられた。ブレイデンの匂い、舌に残ったウイスキーの味、わたしをきつくつかんでいる温かな両手の感触……何もかもに圧倒され、喉の奥から声が漏れるのを抑えられない。

ブレイデンのキスで、クレイグのキスの記憶はすっかり拭い去られた。

首に回されたブレイデンの手に力がこもり、彼は呻き声をあげた。その振動がわたしの全身に伝わる。声の震えが両手での愛撫さながらにわたしの体を伝い下り、乳首をなぶり、おへそのあたりをくすぐり、両脚の間に滑り込んでいく。キスはさらに激しくなり、興奮の度が増した――息を奪われるほど長く続く、麻薬さながらのキス。いくら求めても足りないとばかりに、わたしたちは喘《あえ》ぎながら互いの口を貪っていた。もっとブレイデンをそばに引き寄せたくて、彼のセーターに爪を立てる。

お腹に当たっている硬いペニスを感じ、我を忘れた。下腹部がぎゅっと収縮し、口を合わせたまま、すすり泣きのような声を漏らす。興奮でパンティがぐっしょり濡れている。ブレイデンの手がウエストから這い上がって胸をかすめ、タンクトップの幅広の肩紐で止まると、欲望はさらに高まった。ブレイデンはキスをやめ、ほんの少しだけ身を引いてわたしの目を見つめた。濃さを増した彼の目にまつ毛が影を落とし、唇は腫れている。ブレイデンの指が二本、肩紐の下に滑り込み、タンクトップの左側を引き下ろした。ブラが露わになる。ブレイデンはわたしの目に視線を据えたまま、ブラのストラップも同様に引き下ろした。

ひんやりした空気がむき出しの胸に当たり、誘うように乳首がつんと尖る。ブレイデンは乳首をじっと見て、片手で胸の膨らみを包んだ。胸を愛撫し、乳首を親指でなぞる。彼の手に力がこもると、わたしは息をのみ、両脚の間に電気がびりっと流れた。ブレイデンはわたしを見やった。「こうされるのが好きかい、ベイブ?」彼は囁き、わたしの口にまた視線を向ける。「ぼくの両手で体をなぞられるのが好きかな?」

そうよ……もちろん!

「それとも」――ブレイデンは少し頭を下げ、わたしの唇をそっと唇でなぞった――「どんな男にでもこうなるのかな?」

言葉の意味がすぐには理解できなかった。やっとわかると、わたしは傷ついた気持ちを押し込め、怒りに駆られてさっと身を引いた。彼に巻きつけていた両腕を下ろし、ブラとタンクトップを引っ張り上げる。

「この最低男」ぴしゃりと言い、ブレイデンを押しのけようとしたけれど、両脚の間にいっそう彼を引き入れる結果になってしまった。ブレイデンはわたしの両手首を捉え、殴られそうになるのを阻止した。

「バーでやってたことは一体何だ？」ブレイデンはいきり立っていた。でも、紛れもなくまだ興奮していて、硬く勃起したものがわたしの体にめり込んでいる。わたしの体と頭が戦っていた。

「あなたに関係ないわ。ただあれだけのことよ」

「あいつとセックスしてるのか？」

「あなたに関係ないって言ってるじゃない！」

ブレイデンは腹立たしげな声を喉から低く出し、わたしの両腕を引っ張った。「ぼくはきみとセックスしたいから、関係なくはない。それに、きみがぼくにファックされたがってるのは間違いないから、ちゃんと答えた方がいい」

「なんて傲慢で思い上がったろくでなしなの！」わたしは激怒していた。こんな支配者面した嫌な奴の言いなりになんかなるものですか。「地上で最後の男になったとしても、あなたとなんかセックスしない！」

あまり独創的な反論じゃないことはわかっていた。言うべきじゃない台詞だったことも。

ブレイデンはわたしの両手を押さえたまま、またキスした。怒りを込めてわたしの唇を嚙み、いたぶるように硬いコックを体にこすりつける。全身が泣き叫んでいて、わたしは口を開けて彼の舌を迎え入れた。抵抗する振りをしようとしたけれど、体は状況をコントロールするよりも抱かれることの方をはるかに望んでいた。

「あいつと寝てるのか、ジョスリン？」ブレイデンはセクシーな小声で訊いた。唇はわたしの顎に沿っていくつもキスを植えつけていく。

「いえ」囁くように言った。

「あいつと寝たいのか？」

「まさか」

手首をつかんでいた手が消えたことをぼんやりと意識した。わたしの両手は――ひとりでに――ブレイデンの引き締まったお腹に貪欲に伸びていた。

「ぼくにファックされたいか？」ブレイデンが耳元で唸るように言う。

欲望に駆られて身震いした。イエスよ！

でも、本心を言わずに首を横に振り、少しは主導権を握ろうとした。

するとブレイデンはわたしの両脚の間を手で包み、ジーンズの縫い目に沿って二本の指で強くこすった。たちまち興奮に駆られ、わたしは震えてぞくぞくした。「ああ……」呻き声をあげ、もっと彼に体を押しつけようとする。

ブレイデンの唇に唇をなぞられ、もっと体の奥深くまで感じ、もっと濡れたくてたまらなくなった。でも、ブレイデンは身を引いてしまった。「ぼくにファックしてもらいたいか？」

怒りが爆発し、パッと目を開けて彼を睨みつけた。「一体何を考えてるのよ！」

ブレイデンの頭を引き下げ、唇を合わせて彼を貪った。彼の両腕がウエストに回され、わたしたちは体をぴたりと密着させて互いの口を激しく求め合った。焦れったい思いが二人の間に高まり、ブレイデンの逞しい両手が背中を伝い下りてお尻の下へ行き、軽々とわたしを持ち上げた。求められているものがわかり、とっさに両脚を彼のウエストに巻きつけた。ブレイデンは向きを変えて二歩進み、わたしを壁に押しつける。彼はヒップを前後に動かしながら、ペニスをわたしのジーンズの股の部分にこすりつけた。満足感と欲求がわたしの中でぶつかり合い、もっともっとと無言の懇願を込めて彼の口に口を押しつける。

「うわあっ――すまない！」アリステアの仰天した声が、ぼんやりした意識を貫くように響き、わたしはぎょっとしてブレイデンから上半身を引いた。激しく胸を波打たせながら息をしようとする。

呆然とアリステアを見つめるうち、現実が戻ってきた。

うわあ。なんて。こと。

ああ、もう、サイテー、最悪。まったくもって信じられない！　自制心をなくしちゃった！　「なんてこと」小声で言った。

アリステアは困惑した目でわたしとブレイデンを交互に見ていた。そしてわたしに視線を向けて言った。「休憩は終わりだよ」

パニックが喉に込み上げたのを呑み下す。「すぐ行くわ」

アリステアが出ていったとたん、部屋が迫ってきたように感じた。わたしはまだブレイデンに体を巻きつけていた。両脚を外すと、彼は床にわたしを降ろしてくれた。両足でしっかり立つなり、ブレイデンの胸に片手を置いて押しやった。「仕事に戻らなくちゃ」

ブレイデンはわたしの顎を優しく捉え、自分の目にわたしの目を合わさせた。花崗岩《かこうがん》さながらに険しくて毅然《きぜん》とし、落ち着いた表情……腫れた唇ともつれた髪とはまったく奇妙な対照を見せている。「ぼくたちは話し合わねばならない」

わたしがすっかり自制心も意志の力もなくしたことについて？「今は時間がないの」

「だったら明日の夜、また来る」

「ブレイデン――」

顎をつかんだ彼の手に力がこもり、わたしは口をつぐんだ。「明日の夜、また来るよ」

こんなことが起こったはずないわ。起こるままにしておいたなんて嘘よね？「ブレイデン、わたしたちの間には何も起きてほしくないの」

彼は明らかに納得していない様子で片方の眉を上げた。「きみの濡れた下着《ニッカーズ》にそう言うんだな、ベイブ」

眉を寄せてブレイデンを見た。「あなたって、ほんと嫌な奴ね」

ブレイデンはにやりと笑い、頭を下げてわたしの唇に軽くキスした。「明日、また会おう」

わたしは彼のセーターをつかんで引き留める。「ブレイデン、本気で言ってるのよ！」

彼はくつくつ笑いながら、辛抱強くセーターからわたしの指を引きはがして後ずさった。「提案があるんだ。明日会ってから話し合おう」

まったくもう！　聞こえないの？「ブレイデン――」

「おやすみ、ジョスリン」

「ブレイデンったら――」

「ああ」ドアまで行ってから彼は向き直った。表情が険しくなっている。「勤務が終わるまで待って、きみとエリーをタクシーに乗せてやろう。またあのくそったれといちゃついているところを見たら、あいつの歯を叩き折ってやる」

それから――一瞬にしてブレイデンはいなくなった。

束の間、わたしは考えていた。たった今、あんなことを許してしまったなんて信じられない。でも、激しいキスのせいで唇はずきずきしているし、二日間は剃っていなそうな髭にこすられた頬はひりひりし、心臓はどきどきしている。そしてパンティ（またはニッカーズ）は間違いなく濡れていた。

もっとひどいことに……まだあまりにも性的な興奮を感じていたため、ドアを閉めて、ブレイデンに掻き立てられた欲望を自分で処理しようかと思ったほどだった。

明日はこんなことを終わりにさせなくちゃ。もし、ブレイデンがあんな風にわたしを完全に奪えるなら、深入りしないように打つ手はないかもしれない。

もしかしたら、引っ越すべきなのかも。

エリーとダブリン・ストリートのアパートメントから去ることを思うと、胸が痛んだ。うぅん！　わたしは乗り切れるわ！　傲慢なバカ男に身のほどを思い知らせてやる。

うなずいて立ち上がったけれど、少しよろめいた。

天を仰いだ。どうして、あいつは核兵器並みの性的魅力を備えてるのよ？　ぶつぶつ言いながらできるだけ身だしなみを整え、バーカウンターに出ていった。アリステアの不審そうな表情も、ブレイデンの燃えるような視線も、クレイグが戯れようとするのも無視した。

クレイグが歯を失う羽目になってほしくなかったのだ。言うまでもないけど。

11

玄関ホールにあるサイドボードの胡桃材に当たって鍵がかちゃりと音を立てた。わたしとエリーとの間の沈黙を破る最初の大きな音だった。バーで忙しい夜を過ごすとたいていは頭が興奮状態になり、緊張が解れるまで数時間かかってからようやくベッドに向かう。でも、今夜はさらにひどい状態だ。まだブレイデンの感触が口にも胸にも、両脚の間にも残っている。腹立たしいことに、彼の香りも味わいも消えていない。勤務が終わった後、ブレイデンが約束通りにわたしとエリーがタクシーに乗り込むのを見届けた時、わたしはそんなものなどまったく感じていない振りをした。それどころか、わたしは彼に一言も話さなかった。

誰とも口をきかなかったのだ。

理由を知っていたのはアリステアとブレイデンだけだった。その夜の残りの間、クレイグは困惑した目でわたしを眺めていた。たぶん、機嫌の良さが影を潜《ひそ》めたのはなぜかと訝っていたのだろう。わたしはエリーの目も避けた。彼女をバーでも歩道でもタクシーでも避け続け、今も避けていた。背を向けたまま靴を蹴って脱ぎ、エリーを玄関ホールに残してキッチンへ行き、グラスに水を入れて飲んだ。

「じゃ、このことについて話し合う気はないのね？」後をついてきたエリーが静かに尋ねた。

そ知らぬ振りをして肩越しにエリーを見やった。「話すって、何について？」

彼女は苛立たしげな視線を向けた。「あなたがクレイグとキスしたせいでブレイデンが激怒したことについて。ブレイデンがあなたを追って従業員室へ入っていき、二十分間帰ってこなかったことについて。それから、戻ってきたブレイデンが、十年もバイブや男っ気のない空室に閉じ込められてた女性に襲われたみたいに見えたことについてよ」

自分を抑えられなかった。エリーの描いた光景を想像して吹き出した。

エリーは面白くもなさそうだった。「ジョスったら！　真面目な話、何が起こってるの？」

唇から笑いが消えた。「彼がわたしにキスした。わたしたちは途中でやめた。あんなことは二度と起こらないわ」

「あなたが関心を持ってくれると思えば、ブレイデンは手を引いたりしないわよ」

「わたしは関心なんかないってば」すごく関心があるのよ。

「あると思うわ。それでわたしは――」

「エリー」わたしは振り向いた。神経が限界まで張りつめている。「やめてよ、いいわね？　お願い。この話はしたくないの」

エリーはお気に入りのおもちゃを取り上げられた子供みたいな顔だった。「でも――」

「エリー」

「わかった」彼女はため息をついた。

この件から気持ちを逸らさせようと、わたしはカウンターにもたれて尋ねるように右の眉を上げた。「で、今夜はあなたとアダムの間に何があったの？」

「あなたと同じ。このことについては話したくないの」

まあ、そうよね。「エリー……」

エリーは淡い色の目を不機嫌そうにすがめた。「オーケイ。やっぱり話したいわ。まったくもう、なんでいろんなことをそんなにうまく心に秘めておけるの？」ふくれっ面で言う。「とっても大変なことなのに」

わたしはにやりと笑い、首を横に振った。「わたしには大変じゃないの」

エリーは舌を突き出して見せ、疲れたようにキッチンの椅子に座り込んだ。「もうくたくた。今夜は消耗しちゃった」

「だから不機嫌なの？」

「不機嫌じゃないわよ」

「ちょっとご機嫌斜めだけど」

「とにかく、あなただって機嫌が悪くなったはずよ。今夜のアダムに耐えなければならなかったとしたらね」

エリーの隣の椅子に滑り込む。今週はもっとしっかりジムに通った方がいいだろうかと考えながら。アダムの尻を蹴っ飛ばしてやる場合に備えて。「何があったの？　ハニー」

「混乱させられてるの」エリーは悲しそうな目でわたしを見ながら顔をしかめた。「自分たちはただの友達だと言い続けてるくせに、アダムの行動はそれと違うのよ。ブレイデンは今夜、あなたのことで頭が一杯で彼の態度に気づきもしなかった。アダムはそれをうまく利用したってわけ」

「アダムがあなたのお尻を我が物顔につかんでたことに気づいたわよ。あなたを自分の隣に座らせたりしてたわね」

「我が物顔？　わたしが冷たい態度を取ろうとすればするほど、彼はこっちに密着してきたのよ。それからブレイデンがあなたのところへ行っちゃった時、わたしはアダムにわけを訊いたの。ニコラスの件について問い質《ただ》して、なぜ、そんなに妙な行動を取るのか尋ねたわ……」

「彼はなんて？」

「ニコラスはわたしにふさわしくないからだって。それから、不機嫌な子供みたいな振る舞いをやめるなら、自分もわたしを押さえつけるような真似をやめると言ったわ」

いい人じゃないの。わたしは乾いた声で笑った。「まともな答えを避けるうまいやり方じゃない？」

「まあ、あなたならそんな手を知ってるでしょうね」エリーは不満そうに言った。

鼻を鳴らした。「あらら」

エリーは呻いた。「ああ、なんてことなのジョス。ごめんなさい。わたし、ひどい行動を取ってるわね」

「魅力的だと思うわよ。ほんと」

エリーはくすくす笑ってかぶりを振り、疲れたように目を伏せた。「あなたっておかしな人ね」立ち上がる。「でも、愛してるわ」エリーは欠伸《あくび》したけれど、わたしは彼女の言葉に凍りついていた。「もう寝なくちゃ。明日の朝、話をして、アダムのくだらない行動がどういう意味か考えましょ。いい？」

〝でも、愛してるわ〟「え……そうね」ぼうっとして答えた。

「おやすみなさい」

「おやすみなさい」

〝でも、愛してるわ〟……。

「行こうよ」わたしはドルーに懇願した。「きっと楽しいよ。カイルが来るし」

ドルーは疑わしそうな目でわたしを見た。「この前のビールパーティではすっごく恥ずかしかったのよ、ジョス。ビキニを着てたこととは関係なく」

わたしは目玉をくるりと回した。「この前はみんな恥ずかしい思いをしたわよ。そこがポイントなんだってば。さあ。ネイトが来るし、わたしは今夜、ネイトと過ごしたくてたまらないの」

「彼と寝るつもり？」

肩をすくめた。

「ジョス、このパーティには出ない方がいいんじゃないかな。近頃、パーティばっか行ってるし」

にやりと笑いながらドルーの首に腕を回して隣に引き寄せた。「わたしたちは子供よ。パーティに出なくちゃ」わたしにはパーティが必要だ。忘れることも必要だった。「それにあなたがいなくちゃ、パーティに行きたくない。そうそう——あなたのために二軍チームのチアリーダーにゲロを吐きかけてあげてもいい。そしたら、あなたが何をしようと、今夜一番えげつない行動を取るのはわたしってことになる」

ドルーは声をあげて笑い、わたしをきつく抱き締めた。「あなたっておかしな人ね……でも、愛してるわ」

四方の壁が迫ってきて、胸が激しく締めつけられる。息を吸おうとして喘いだ。

死にかけている。

今度のパニック発作はいつもより長く続き、ドルーの言葉が浮かんできて意識が朦朧《もうろう》となった。

やがてなんとか現実の世界に戻ってくると、思い出を押しやってリラックスしようとした。

その後、泣きたくなった。でも、泣けば、気持ちが弱くなるばかりだろう。だから震える足で立ち上がり、キッチンのタイルの上で思い出を踏みつけた。着替えてベッドに滑り込んだ頃には、何もかも忘れたという振りができるようになっていた。


「またパニック発作を起こしたのね？」善良な医師は穏やかに尋ねた。

なぜ、このことを持ち出したのだろう？　〝彼女〟について話さないわけにはいかない。そしてわたしのやったことは、ドクター・プリチャードが何と言おうと変えられないのだ。「はい、どうでもいいことですけど」

「どうでもよくないわ、ジョス。今度は何が引き金になったの？」

わたしは自分の足をじっと見つめた。「友達です」

「どの友達？」

親友よ。「ドルー」

「ドルーについては話してくれたことがないわね」

「はい」

「なぜ、ドルーのせいでパニック発作が起きたの、ジョス？」

ゆっくりと目を上げて医師の目を見つめた。身を切るような苦痛に襲われる。「彼女が死んだからです」深々と息を吸った。「わたしのせいで」

もう少しで正午という頃に目が覚め、たちまち昨夜の記憶がどっと蘇ってきた。ブレイデンと、何であれ、彼とわたしが経験したことの記憶が。忘れようとして、アダムについて切りのない議論をしながらエリーとランチを摂り、今夜会いに来るというブレイデンの約束を思う度に下腹部に感じる疼きと戦った。

これから入浴しようと思っていた時、エリーの携帯電話の着信音が鳴った。メールをスクロールしながら罵っている。

「どうしたの？」昼食の皿を片づけながら物憂い気分で尋ねた。

「ブレイデンがまたオフィスに呼ばれたのよ。今度も家族ディナーに出られないって。ブレイデンは大丈夫なのかって、母から二十回は質問されるだろうから、耐えなくちゃならないわ」

失望感で痛みを覚えた胸を無視した。今夜働くなら、結局ブレイデンはわたしのところへ来られないだろう。ここは大喜びするべきところなのに。「お母様は本当にブレイデンのことを心配してるのね」

「あのね、ブレイデンの母親は身勝手で虚栄心が強くて強欲な魔女で、自分の都合がいい時に彼の人生に出たり入ったりしてるの。ブレイデンは何年も母親に会ってないはずよ。だから……そうね。うちの母がブレイデンの面倒を見てるの。実の母親がやらないから」

ブレイデンの母親はどうして息子をかまわずにいられるのだろう？　あのブレイデン・カーマイケルを。「信じられない話ね。自分の子供にそんな仕打ちをするなんて、わたしには想像もつかない」といっても、子供を持つつもりはないけど。

エリーは悲しそうにわたしを見た。「ブレイデンはわたしたちの父にそっくりなの。ブレイデンの母親のイヴリンは心から夫を愛してた。なのに、父は突然、イヴリンとの関係を終わりにしたの。いくらかお金を与えて片をつけたわけ。身ごもってることをイヴリンが告げると、子供の面倒は見るが、きみとは関わりたくないと父は言った。イヴリンはブレイデンを見る度、自分の心を傷つけた男を思い出すものだから、あまり息子を愛してないのよ。ずっとね。ブレイデンは学生時代、エディンバラの自宅で他人行儀だけれど支配的な父親と過ごした。そして夏休みになると、ヨーロッパ中を回ったの。子供なんかに時間を割く気はない、金持ちのバカ男たちとつき合ってる母親を見ながらね」

幼かった頃のブレイデンを思って胸が痛んだ。

そして、それを表情に出すという失敗をしてしまった。

「まあ、ジョス……」エリーは小声で言った。「ブレイデンは大丈夫よ」

気にかけてなんかいないわ。穏やかな顔のエリーからさっと身を引いた。「どうでもいい」

エリーは唇を引き結んだけれど、何も言わなかった。ただ立ち上がり、そばを通り過ぎる時にわたしの肩をつかんだだけだった。

動揺を覚えながらシンクをじっと見つめた。まだ誰かを心の中に入れる準備はできていない。なのに、エリーやブレイデンといると、仮面が外れてばかりいる。

携帯電話を握り締めてバスルームに向かった。バスタブに浸かり、音楽でも聴いてこんな思いをすべて追い出したい。でも、服を脱ぎ始めると携帯電話が鳴った。

ブレイデンからだ。

口をぽかんと開けて画面を見つめていた。出ようか出まいか心を決めようとしながら。

鳴らしっ放しにしておいたら、留守電に切り替わった。

再び着信音が鳴る。

わたしはまたしても画面を見つめるだけだった。

二分後、これで逃げられたと思いながらバスタブに沈んでいると、エリーがバスルームのドアをバンバン叩いた。「ブレイデンが、電話に出ろって！」

着信音が鳴り、目を閉じた。「わかった！」叫び返して電話に手を伸ばす。「何なの？」と言って電話に出た。

深みのある笑い声が誘惑的に体に響く。「もしもし、とぼくも言っておこう」

「何の用なの、ブレイデン？　わたしは用事の真っ最中なのよ」

「入浴中だとエリーから聞いたよ」声が低くなる。「そこにいたいな、ベイブ」

ブレイデンがいるような感じがした。「ブレイデン、一体、何の、用よ？」

面白がるように息を吐き出す音が聞こえた。「今夜は都合がつかない、と連絡しようと思っただけだ」

ありがたいわね、まったく！

「ここの土地開発業者のいくつかと問題が起こったんだ。それで何週間か遅れが出てしまう。今週はいつ時間ができるかわからないが、少しでも暇ができたら必ず会いに行くよ」

「ブレイデン、そんなことしないで」

「昨夜あんなことが起こったのだから、ぼくたちの間に絶対あるはずのものを否定しても無駄だ。手を引くつもりはないよ。だから新たに防壁を築く——おおいに楽しませてもらえると確信しているが——よりも、降参したまえ、ベイブ。いずれは降参すると自分でもわかってるだろう」

「あなたがどんなに腹の立つ傲慢な人か、話したっけ？」

「まだきみの匂いも味も残っているよ、ジョスリン。それに、ぼくはうんと硬いままだ」

下腹部がぴくんとして、両脚をきつく閉じた。「ああ、ブレイデン……」考えもせずに、吐息混じりの声を出した。

「ぼくがきみの中に入ってる時、そういう声を聞くのが待ち切れないよ。じゃ、また、ベイブ」

そんな別れの言葉を発し、ブレイデンは電話を切った。

わたしは呻き、バスタブに頭を預けた。

すっかりお手上げだった。

12

自然界のこんな光景を見たことはないだろうか？　愛らしい小さなミーアキャットが巣穴に帰ろうと四本のかわいいちっちゃな脚で歩いている。ミーアキャットなりの駆け引きが行われたり、劇的な事件が起きたりする、家族が待っている巣穴に帰ろうとして。するとその時、ばかでかい鷲《わし》がミーアキャットの頭上に舞い降りてくるという場面だ。抜け目のない小さなミーアキャットは走って隠れ、大きな鷲がいなくなるのを待つ。時間が経ち、ミーアキャットはとうとう判断する。鷲は飽きて、別の小さくてかわいいミーアキャットを震え上がらせに行ってしまったのだろう、と。そこで隠れ家から這い出ると、またのんびり歩き始める。

そしてもう無事に逃げられたと思ったとたん、さっと舞い降りてきた、例のばかでかい鷲の大きな爪でつかまれる。

そう……そのちっぽけなミーアキャットがどんな気持ちか、わたしにはよくわかる……。

その後はブレイデンから電話が掛かってこなかったし、携帯やパソコンにメールも来なかった。それから数日間、わたしは忙しく過ごした。原稿に取り組み、中学二年生でも書けそうな章をいくつも削除し、天井から床までアパートメントを掃除して、エリーとエディンバラ・フェスティバルに出かけて気を紛らした。メドウズのビッグ・トップ劇場での『レディボーイズ・オブ・バンコック』——ほんと、きれいな男の人たちだった——を見て、街の西側のスコットランド国立現代美術館でエドヴァルト・ムンク展を鑑賞し、安いチケットを買って、エディンバラ大学のメインキャンパスにある古びた学生会館の薄汚い部屋に耐えている、若手の有望なコメディアンのショーを見に行った。学生会館に入るとリアンやジェイムズのことをいろいろと思い出し、わたしは長居してしまった。フェスティバルの喧騒《けんそう》や旅行客、そこかしこに漂っているコーヒーやビール、食べ物の匂いを楽しもうとした。歩道では行商人たちが品物を売っていた——あちらこちらで宝飾類やポスター、様々な土産品、小冊子が売られている。

お金を払ってトラウマになりそうなセラピーも受け、ドルーについて初めてちゃんと話した。

そう。そのことについては考えたくない。

木曜になった頃には、ブレイデンがわたしをからかっていただけだと自分をどうにか納得させられたと言っておこう。結局のところ、もしブレイデンが本気だったなら、少なくともわたしが彼を忘れていないかどうか確かめるために携帯メールくらいよこしたはずだ。でも、メールは来なかった。まったく一つも。ただの一度も。

　木曜と金曜の夜の勤務から、金曜と土曜の夜に変えていたので、今夜は家でゆっくりしている。家族と過ごしたい気分だから母親のところに泊まるとエリーが言った時、愚かにもわたしは何も考えなかった。心構えなど少しもできていなかったのだ。ブレイデンはわたしのことなんか忘れただろうと思い、リラックスしていた。

　わたしはばかげた隠れ場所から、ばかな頭を突き出した。

　その時、ブレイデンが超巨大な鷲さながらに舞い降りたのだ。


　居間を除けば、アパートメントはしんとしていた。わたしは肘掛け椅子に丸くなり、グラスからワインをすすりながらザック・スナイダー監督の『300〈スリーハンドレッド〉』を見ていた。今となっては賢明じゃなかったとわかる。出演俳優たちの波打つ筋肉も、ワインの影響によるけだるさも……そうしたすべてが、次に起こったことの原因になったのだ。

「いいかい、一人でいる時はドアに鍵をちゃんとかけるべきだよ」

「わっ！」飛び上がり、ワインをジーンズにこぼしてしまった。あわてて椅子から立ち上がり、ブレイデンを睨みつけた。面白くなさそうな顔で入り口に立っている。どうして彼が怒ってるの？　お気に入りのジーンズがだめになったばかりなのはあなたじゃないのよ！　「まったくもう、ブレイデンったら！　次はノックぐらいしてよね！」

汚れたジーンズに視線を落としたかと思うと、ブレイデンはわたしの顔にまた目を向けた。「一人で家にいる時は鍵をかけると約束してくれたらな」

ブレイデンの真剣な顔を見ながら、じっとしていた。まさか……心配してくれてるの？　眉をしかめて目を伏せ、ほぼ空のグラスをコーヒーテーブルに置いた。「わかったわ」呟いた。どんな態度を取ればいいのかわからなかった。

「エリーは今夜帰ってこないよ」

はっとして目を上げると、ブレイデンが食い入るような眼差しでこちらを見ている。スーツを着ているけど、少し皺が寄っていた。何時間も働いた後、家に立ち寄りもしないで会いに来たみたいに。急に思い当たって、どきりとした。「あなたがそう仕組んだのね？」

ブレイデンの口の左端が持ち上がる。「今後の参考のために言っておくが、エリーはシャンパントリュフ一箱で買収できる」

あの裏切り者を殺してやる。

ブレイデンがひどく魅力的に見えたからなおさらだった。それに、『300〈スリーハンドレッド〉』の衣装に性欲を掻き立てられていたせいで、ブレイデンの前に立ったわたしはホルモンに異常をきたしていた。ドクター・プリチャードの助言に従い、五十歩先のことを考えるのはやめなさい、と自分に命じた。未来のことを計画すると怖くなるだけだから、わたしは現在に生きているのだと自分にずっと言い聞かせてきた。でも、その間ずっと、明日は何が待っているのかと絶えず心配だった。善良なドクター・プリチャードは、わたしがわたし自身の助言に従って今日を生きるようにと勧めていたのだろう。

でも、ブレイデンと？

危険すぎる。ブレイデンとの関係など自分が望んでいないことはもうわかっていた。

「ぼくを求めていないのかな？」ブレイデンはソファに身を落ち着けて尋ねた。

びくついていると思われたくなくて、肘掛け椅子にまた腰を下ろした。「そう。希望的観測をして自分に納得させることができたの。何にせよ、前にわたしたちに起こったことは終わったって……」

ブレイデンは肩を揺すって上着を脱いだ。「きみを壁に押しつけて、服を着たまま性器をこすりつけ合ったことだろう？」

苛立って歯を食いしばった。もし、ブレイデンが本の登場人物なら、わたしはその下品な言葉遣いが嫌になっただろう。でも、実を言えば、そんな際どい言葉に体がうれしそうに反応している。彼に教えてあげるつもりはないけれど。「あのね、ブレイデン、ここ数週間、あなたを見てきたわ。すごく紳士なのに、わたしの前では違うのね。どういうこと?」

「きみをベッドに引き入れたいんだ。紳士って奴はベッドの中じゃ退屈だからな」

うまいこと言うわね。「紳士はね、ベッドの中でも紳士なのよ。相手が楽しめるようにしてくれるの」

「ぼくはきみが楽しめるようにするし、ぼくたちのすることには何も心配しなくていい。ただ、お行儀のいいセックスはしたくないだけだ」

胸がきゅんとなり、下腹部が疼いた。「こんなことはもう話し合ったと思ったけど。あなたとわたしの間には何も起こらないのよ」

ブレイデンは眉を寄せて身を乗り出した。両肘を膝につき、手を組んでいる。袖はまためくり上げられていた。それがわたしに与える効果を知っているかのように。「話し合いなんかしていないが」

うんざりしてため息をついた。「ブレイデン、あなたが好きよ。嘘じゃないわ。確かに、あなたは横柄なろくでなしだし、いいか悪いかを考えもせずに思ったことを口に出す。でも、いい人みたいだし、エリーにとっていいお兄さんだもの」目が合い、彼の魅力に胸を一撃されて怯《ひる》みそうになった。「エリーは大事な友達になりかけてるし、ここで一緒に暮らすのも楽しい。それをめちゃめちゃにしたくないの。誰かとつき合いたいとも思わない。どんな人ともね」

あまりにも長い間ブレイデンが黙ってこちらを眺めていたので、返事をしないつもりかと思った。ここから出ていって考えに浸らせておいた方がいいかもと決心したとたん、彼はまたリラックスしてソファにもたれた。瞳の色が濃くなっている。その表情の意味がわかった。うわあ。「つき合うことを提案してるんじゃなくて良かったよ」

わたしはすっかり戸惑っていたと言うのが正解だろう。「じゃ、何を提案してるの？」

「単なるセックスだ」

え？「はあ？」

「きみとぼく。単なるセックス。望む時はいつでも。何のしがらみもない」

「単なるセックス」わたしは繰り返し、その言葉が口の中と頭の中を駆けめぐるのを感じた。単なるセックス。望む時はいつでも、何のしがらみもなしにブレイデンとセックスする。「ほかのいろんなことについてはどうなの？　エリーやアパートメントや、つるんでいるみんなのことは？」

ブレイデンは肩をすくめた。「何も変えなくていい。ぼくたちはつるんでいて、セックスする友達になるわけだ」

「みんなにはどう話すの？」

「他人には関係ない」

わたしはじりじりして頭を振った。「エリーのことを言ってるのよ」

「本当のことを話す」ブレイデンは慎重な視線を向けた。「妹に嘘はつかない」

「エリーはこんなこと気に入らないわよ」

ブレイデンはくつくつ笑った。「エリーが気に入ろうと気に入るまいと全然かまわない。実を言えば、ぼくの性生活に妹が口を出さない方がありがたいが」

「それは難しいわね。あなたがセックスしたい相手はエリーと暮らしてるんだから」

ブレイデンは少しも気にしていないようだった。「きみの寝室はフラットの反対側にある。それに、いつだってぼくのフラットのベッドに来てもらえばいい」

うーん。ブレイデンのアパートメントね。どんなものか見たいわ。

だめ！　そんなこと考えないの！「そんなこと、できない」

「できないのか？　それとも、したくないのか？」ブレイデンの目は危険なほど細くなっている。

胸がざわめき、下腹部がうずうずする。目を閉じた。ブレイデンの体が押しつけられて、舌を舌でなぞられ、優しいけれども容赦なく、手で胸を愛撫される感じが想像できた。ああ、なんてこと。パッと目を開けると、わたしを見るブレイデンの眼差しは和らいでいた。「単なるセックス？」

ブレイデンは微笑を抑えようとしている。勝ちを収めかけているのがわかったように。

「まあ……ほぼ、というところかな」

　は？　「ほぼ？」

「ビジネス・ディナーや、モロンクが手配した、ばかげた社交行事に出席する時に連れていく相手が必要なんだ。一夜の終わりにプロポーズだのダイヤのネックレスだのを期待しない女性と出かけるのは悪くない」

「それって、単なるセックスとは違うわ。取り決めみたいなものじゃないの。つき合ってきたバービー人形たちとあなたがいつもやってたような取り決めでしょう。だったら、なぜ、わたしに頼むの？　ブレイデン、あなたは大金持ちだし、見た目だって悪くない――わたしにそんなことを言ってもらわなくてもいいでしょうし、自信過剰なろくでなしになるようなほかの褒め言葉もいらないでしょうけど――だからあなたに飛びつくチャンスに食らいつく、背が高くて痩せたブロンド女を手に入れに行ったらいいんじゃないの？」

　驚愕の表情を浮かべ、ブレイデンは頭を屈めた。「理由の一つ目。そういう女たちはぼくに気にかけてもらうことを求めるからだ。気持ちを話してもらいたがるし、くだらないものを買ってもらいたがる。ぼくたちが今話しているのは、そういう関係ではない。だからお互いにとって都合がいい。そして二つ目の理由だが。冗談抜きで言っているんだろうな？」

わたしは眉を寄せた。〝冗談抜きで〟って、何？

「とにかく」――ブレイデンは頭を振った。ほほえんでいる――「きみにはいつも驚かされる」

「どういうこと？」

「自分がどんなにセクシーか、てっきりわかっていると思った。だが、明らかにわかっていないらしい」

わあ。密かに赤面しながらも、彼に向かって目を回して見せた。ブレイデンの言葉になど影響されていない振りをして。「どうでもいいけど」

無関心そうな返事をされても、ブレイデンは気にもしなかった。わたしの問いにどうあっても答えようとしていた。「いや、きみはぼくがいつもつき合う女たちとは違う。そして、そう、ぼくは長い脚が好きだ。きみの脚は短いな」

睨みつけてやった。

ブレイデンはにやりと笑った。「だが、あのショートパンツを穿いていたきみの脚をタクシーで見た時、ぼくのコックはかなり硬くなってしまった。あのパンツをまた穿いたきみをエロディとクラークの家で見た時も」

わたしはあきれて口を開けた。「嘘よ」

ブレイデンは楽しそうに首を横に振った。「きみは素晴らしい脚をしてるよ、ジョスリン。時々見せる笑顔も素敵だ。それに見事な胸。確かに、ぼくはブロンドの女性ばかりとつき合ってきた。だが、きみだってブロンドだと思うよ」睨んでいたわたしが全力でねめつけると、ブレイデンは声をあげて笑った。「色なんかどうでもいい。絶対に髪を下ろそうとしないんだな。きみがぼくの体の下にいるところを考えずにいられない。ぼくがきみの中に侵入している間、髪が枕に広がっている光景が頭に浮かんで離れないんだ」

うわ。なんてことを言うの。

「だが、一番考えるのはきみの目のことだ。ほかの誰も手に入れられないものを、その目からもらいたい」

「何を？」わたしは尋ねた。低く出た声はかすれ声に近かった。どんな媚薬にも劣らないくらい、ブレイデンの言葉に興奮させられていた。

「柔らかさだ」濃密になっている性的な雰囲気の中で彼の声もますます低くなっていた。「ぼくによってオーガズムに達した女性だけが目に浮かべる柔らかさを見たい」

心の中でわたしは喘いでいた。表面上は首を横に傾げて、皮肉な笑みを浮かべた。

「口がうまいのね。それは認めてあげる」

「手の使い方もうまいよ。試させてくれないか？」

わたしは笑い声をあげた。それに応えたブレイデンの微笑は悪戯っぽくて魅力的だった。ため息をつき、再び頭を振った。「なんだか単なるセックス以上のものみたいね、ブレイデン。あなたは交際相手を求めてるのよ。それだと、いろいろややこしくなる」

「なぜだい？　友達同士で何度かデートして、その後でセックスするだけのことじゃないか」わたしの疑いの気持ちが晴れないのを感じ取ったらしく、ブレイデンは肩をすくめた。「いいかい、ぼくは女性に本気になったことなどないんだ。きみを求めている。きみもぼくを求めている。セックスしたところで、申し分なく良いものになるはずの友情は変わらない。だから、イエスと言ってくれ」

「でも、夜のデートもおまけにつくんでしょう？　そうなると、この関係の期間が延びてしまうんじゃないの？」

苛立たしげな表情がブレイデンの目に浮かんだようだったけれど、彼がまばたきしたとたんに消えた。「期限を設けたいのかい？」

「一カ月」

ブレイデンはにやりと笑った。わたしが降参したことを悟ったのだ。

なんてこと。降参してしまった。

「半年」

わたしは鼻を鳴らした。「二カ月」

「三カ月」

互いに見つめ合った。性的な関係をどれくらい追い求めるのかということで口論していたと急に気づいたかのように、二人の間の熱い緊張感がさらに高まり、空気が濃密になる。わたしたちを誰かが投げ縄で捉え、もっとくっつけさせようと、ぐいぐい引っ張っている感じ。ベッドにいる、全裸で身悶えするわたしたちの姿がパッと頭に浮かび、一瞬で体が反応した。パンティがたっぷりと濡れ、乳首も興奮して硬くなる——目に見えるほど。ブレイデンの視線が胸に落ち、目に鬱積《うっせき》した感情を浮かべたかと思うと、またわたしの顔に向いた。

「決まりね」わたしは呟いた。

ブレイデンの次の質問は予想外だったけれど、実際的なものだった。「ピルは飲んでるかい？」

月経が不規則で重いから、それを抑えるためにピルを飲んでいた。「ええ」

「検査を受けたことはあるかい？」

それがどういう意味かはわかった。最後にセックスした時、何があったのか覚えてなかったから……そう、わたしは性感染症の検査を受けていた。「あるわ。あなたは？」

「誰とのつき合いの後でも受けている」

「じゃ、わたしたちは準備万端ね」

その言葉が口から出たか出ないかのうちに、ブレイデンがわたしに覆い被さるように立った。大きな手をわたしの手に伸ばし、断固とした真剣な表情を浮かべている。目はぎらぎらしていた。

「え？　今？」まったくの不意打ちに、うわずった声を出した。

ブレイデンは片方の眉を上げた。「待ちたいのかい？」

「ただ……支度をする時間があればと思っただけ」

「支度？」

「ほら……香水とか、素敵なランジェリーとか……」

面白がるような唸り声をあげ、ブレイデンは手首をつかんでわたしを椅子から引っ張り上げた。小柄なわたしの体がブレイデンの体にぶつかると、あっという間に両腕を回されて抱き寄せられた。片手が腰に滑り下りてきてお尻に触れる。ブレイデンはお尻を軽くつかんでわたしの体を自分に押しつけた。硬く勃起したものがお腹に当たる。呻き声を抑え、頭を反らして彼と目を合わせた。ぎらつく目がわたしを見下ろしている。

「ベイブ、素敵なランジェリーは男を誘惑するためのものだ。ぼくはすでに、とことん誘惑されてるよ」

「オーケイ、でも――」

ブレイデンの口が言葉を遮った。口がわたしの口とぶつかったとたん、舌が滑り込んでくる。キスは激しく興奮の色を帯び、こう告げていた。〝これはデートなんかじゃない――セックスだ〟と。それで良かった。呻き声をあげてブレイデンの首に両手を回すと、承諾の印と受け取ってもらえた。

床に着いていたはずのわたしの足は、体を抱えられるなり彼のウエストに巻きついた。ブレイデンの髪に両手を差し入れてキスし、唇を噛んだり歯を立てたり、舐めたりし合って、お互いの味と感触を知った。

「くそっ」ブレイデンの言葉がわたしの唇に響く。

彼の口が離れたことに文句を言う暇もなかった――髪の間を風が通り抜けるのを感じ、わたしたちは廊下に出ていた。廊下から寝室へ。そしてわたしは倒れ込んだ。マットレスに体が当たり、驚いて「うっ」と声をあげ、憤然としてブレイデンを見上げた。「こうする必要があった？」

「脱げ」ブレイデンはぶっきらぼうに答え、素早く指を動かして自分のシャツのボタンを外している。

わたしの両脚の間の肉がきゅっと引き締まった。そして顎も。「え？」

ブレイデンは服を脱ぐのを中断してのしかかってきた。マットレスに寝たわたしの腰の両側に手をつき、顔を顔に近づける。「二番目の提案だ。ファックする時、ぼくに逆らうな」

「でも――」

「ジョスリン」警告の小声だった。

ブレイデンの口に目を向けた。あの口をまたわたしの口に押し当ててほしい。セックスの間は文句を言うなというなら、それでかまわない。セックスしてない時に言えばいいのだから。「なぜ、いつまでもジョスリンと呼び続けるの？」逆らっている口調にならないように気をつけた。興味があるだけという風に。だって本当に興味があるもの。

ブレイデンの唇がわたしの唇に触れる。そっと優しく。それから彼は身を引いた。淡いブルーの目が、興奮で明るく輝いている。「ジョスというのは女の子の名だ。たぶん、お転婆娘の名だな」薄笑いを浮かべる。「一方、ジョスリンは女性の名前だ。実にセクシーな女性の」ブレイデンは後ずさった。「だから、脱ぐんだ、ジョスリン」

オーケイ。ジョスリンと呼べばいいわ。

起き上がってタンクトップの裾をつかみ、引っ張って頭から脱いだ。それを部屋の向こうに放り投げ、ブレイデンがシャツを脱ぐのをしばらく眺める。シャツが床に落ち、その行方を目で追った後、わたしは視線を上げた。予想通り、ペニスがズボンにテントを張っているのを見てはにかみ、ブレイデンの裸体を目にして口がからからになった。

ブレイデンは体を鍛えている。そう、間違いない。

ズボンがウエストの低い位置で止まり、まっ平らなお腹とセクシーなV字の筋肉が露わになっていた。わたしは唇を噛んだ。ブレイデンに触れたい。見事に鍛えられた腹筋から逞しい胸へ、広い肩へと視線を上げていく。傷一つない金色の肌で全身が覆われていた。

「くそっ、ジョスリン」さらに目を上げると、さっきよりもぎらぎらしたブレイデンの目に気がついた。「そんな目で見続けられれば、ぼくはあまりもたないよ」

うーん。悪くないわ。ブレイデンに力を及ぼせるのが気に入った。「とにかく、これがあっちゃだめね」ずうずうしくにやっと笑い、背中に手を回してブラを取った。ひんやりとした空気がむき出しの胸に当たり、わたしはベッドの横にブラを落とす。今度はブレイデンにじっと見つめられるのを楽しんだ。

視線をわたしの胸から顔に移動させ、急にブレイデンは少し怒ったような顔になった。わたしは驚いて身を強張らせた。「ここできみの体を見たあの日から、ぼくがどんな思いだったかわかるかい？　きみの冷静な態度の下にはすべての男の淫らな夢が隠れていると知りながら、バーやディナーの席できみと向かい合っているのがどんなものだったか」

うーん、素敵。

スーツのズボンのボタンとファスナーに手を伸ばしながら、ブレイデンは目を細くした。ファスナーの下りる音が大きく響く。「きみをものにするまでぼくを待たせたつけを払わせてやる」

わたしの脚の間の疼きが激しくなった。わくわくするわ。

手を伸ばして髪をほどき、肩に落ちるままにした。髪がきらめいて揺れると、ブレイデンの目に浮かんだ欲望の色が強まった。「きれいだ」かすれた声で言う。

その後、どちらが先に下着を脱いだのかはわからない。でも、セクシーな仕草と髪を利用していくらか支配権を取り戻そうとしたとたん、わたしはパンティなしで仰向けにされていた。胸をブレイデンの胸に押しつけられる。わたしは開いた両脚の間に彼を招き入れていた……期待で息もできずにブレイデンの目を見つめる。

「何を待ってるの？」と、囁いた。

ブレイデンは皮肉な微笑を向けた。「やめた、ときみが言うのを」

苛立ちのため息をついた。「わたしは裸なのよ？」

「だから？　前にも裸だったことはある」

「ブレイデン！」肩を殴ってやると、ブレイデンはくつくつと柔らかな笑い声を立てた。そのせいで彼の下半身が動く――太くて長い、おいしそうなコックがわたしのお腹の上を上下に滑る。

からかうような行動が引き起こした喜びに息をのんだ。ブレイデンは返事の代わりに呻き声をあげ、わたしの唇に唇を押し当てた。ゆっくりとした、エロチックで責め苛《さいな》むようなキスになるはずだった。そんな風に始まるものだから。でも、何週間もこらえてきたものが訪れたこの瞬間、二人ともあまり待てなかった。キスが情熱的で激しくなり、わたしはブレイデンの髪を両手できつくつかんだ。ブレイデンの両手がわたしのウエストを、肋骨のあたりを、胸を執拗に這い回る。胸がどうしようもないほど敏感になり、親指が乳首をかすめたとたん、わたしはびくんとして腰を突き上げた。

「これが好きなのか、ベイブ」ブレイデンは囁いた。尋ねるまでもなく、答えは見え見え。ブレイデンの唇がわたしの顎から首へとなぞっていく。わたしはブレイデンの髪から肩へ手を滑らせた。彼の動きがわたしの右胸で止まる。いたわるような優しいキスを乳房に一つ。息が止まった。またキスを一つ。そして、また。

「ブレイデン……」懇願した。

胸のところでブレイデンが微笑したのがわかったかと思うと、彼の熱く濡れた舌が乳首を突つき、唇が膨らみを強く吸った。わたしのカントを欲望が鋭く貫く。「ああ、ブレイデン！」

ブレイデンは左の胸にも同じような愛撫をした。気がつくと、わたしは腰をブレイデンの腰にぶつけていた。彼以上に気が急いている。だって、あまりにも長く待たされていたから。

「ベイブ」ブレイデンの声が上で響き、手が腰に下りてきて押さえつけられた。「ぼくのためにもう濡れているのかい、ジョスリン？」

そうよ。ああ、そうなのよ。「ブレイデン……」

「答えろ」ブレイデンの手が下に動いたのを感じた。焦らすように、太腿の内側の上の方を軽くなぞっている。「ぼくのために濡れていると言うんだ」

後になって考えると、ブレイデンの質問や要求に恥ずかしさを感じなかったことが信じられなかった。そういった要求に屈してしまうほど自分が興奮していたことも。セックスの間、わたしは汚い言葉を相手に吐かせたことはなかった。でも、ブレイデンの言葉は効果的だった。「わたしはあなたのために濡れてるの」彼の口に囁く。

ブレイデンは満足そうにキスしてくれた。口の奥深く、探るようなキス。舌はわたしの舌と絡み合い、指はさらに太腿を這い上がる。両脚の間の部分に初めて触れられるなり、わたしはびくっと反応した。そこに誰かの指が触れるのは久しぶり。わたしに呼応してブレイデンのキスはいっそう情熱的になり、愛撫は優しくなった。彼の口から口を離して呻き声をあげる。ブレイデンの親指が滑り込んできてクリトリスに触れ、そっと押したのだ。

「ベイビー、こんなに濡れてるじゃないか」ブレイデンは唸るように言い、わたしの頭の隣に顔を伏せた。うなじに唇を這わせながら、クリトリスから親指を離す。抗議の声をあげる間もなく、彼は二本の太い指をゆっくりとわたしの中に差し入れた。もっと感じたくて両膝を広げ、ブレイデンのむき出しの背中にしがみつきながら、もっともっと、と全身を波打たせた。

「もっと」懇願する。

ブレイデンは指を出し入れしてさらに官能を高めてくれた。もう一方の腕で彼自身の上半身を支え、オーガズムへといざないながらわたしの顔をじっと見下ろしている。

「そうよ」体の奥の方がぴくぴくと締まるのを感じ、ため息をついた。

すると、ブレイデンは指を引き抜いてしまった。

「どうして――」

「ぼくがきみの中に入るまで、いってはだめだ」ブレイデンは欲望で張りつめた表情で言った。わたしの両手をベッドに押さえつける。「きみがぼくと一緒にいくのを感じたい」

口論なんかする気になれなかった。

脈打っている彼のコックがわたしの入り口に当たり、歓喜の吐息をつきそうになるのをこらえた。ブレイデンはからかうように、そのあたりをコックでなぞっている。彼のお尻をつかんで、わたしの奥深く突き入れさせたくてたまらなかった。でも、ブレイデンはわたしの手首をしっかり捉え、にやりと笑っている。何を考えているのか、ずばりと見抜いたようだ。彼は責苦を与え、円を描くように腰を回してさらにわたしをいたぶった。

「ブレイデン」我慢できなくて不平を言った。

ブレイデンは笑い声をあげた。「何だい、ベイブ？」

「急いでくれないなら、やめるわよ」

「それは困るな」ブレイデンにぐいっと突き入れられ、わたしはすすり泣くような声を出した。彼の大きいものを受け入れようとして覚えた痛みにたじろぎ、身を硬くする。ブレイデンは全身を強張らせ、濃さを増した目で見た。「大丈夫か？」

わたしはうなずき、彼の大きさに慣れて体がリラックスしてくると、ほっと息を吐き出した。

手首を握ったブレイデンの手の力が緩んだけど、放してはくれなかった。彼はためらいがちに体を前に動かした。歯を食いしばり、痛みに耐えるかのように目を閉じている。

「ちくしょう、ジョスリン」かすれた声で言う。「きみの中はなんてきついんだ」

わたしは腰を持ち上げ、動いてほしいとブレイデンを急き立てた。またしても快感の波が来る。ブレイデンにすっかり満たされているのを感じ、オーガズムに達したくてたまらない。「しばらくぶりよ」

ブレイデンはパッと目を開けた。「どれくらい？」

「ブレイデン……」

「どれくらいなんだ？」

ため息をついた。「四年ぶり」

「ベイブ」ブレイデンは頭を下げて軽くキスした。また上げた顔には自惚れた微笑が浮かんでいる。ブレイデンはいっそう深く身を沈め、両手をわたしの手首から上に滑らせて互いの指を絡ませ合った。彼はわたしの中で緩やかに動き、クライマックスに上りつめていくわたしをなぶっている。そしていきなりわたしから身を引いた。

「もっと激しくして」わたしは喘いだ。

彼の唇が耳をかすめる。「頼むんだ、ジョスリン」

「ブレイデン、もっと激しくして。うんとファックして」

腰を上げると、ブレイデンに勢い良く貫かれた。わたしは叫び声をあげ、首を後ろに反らす。ブレイデンが激しく突きながら、耳元で呻いた。二人は一心不乱に絶頂へ駆け上がろうとしている。ブレイデンの両手が手から離れた。彼はお尻をつかんでわたしをさらに持ち上げ、コックがいっそう奥へ滑り込めるようにした。

「ぼくのためにいくんだ、ベイブ」荒々しく命じられた。

わたしはうなずき、体の中が収縮するのを感じた。今にもいってしまいそう。「ブレイデン、ブレイデン……」

ブレイデンは片手をわたしの両脚の間に差し入れ、きれいな円を描いてクリトリスを親指の腹でなぞる。

「ああ、だめ！」オーガズムへと駆り立てられてわたしは叫び、彼のコックを包んだ柔らかい部分が引き締まり、脈打った。

「ファック」ブレイデンは目を見開いて視線を注ぎ、絶頂に達したわたしをじっくりと見ている。わたしは目を閉じた。その瞬間、自分たちの間のつながりを断ち切りたくてたまらなかったのだ。ブレイデンがわたしの首筋に顔を埋《うず》め、わなないた。わたしの中でいったブレイデンの低い呻き声を聞き、彼の放った熱くとろとろしたものを感じてぶるぶると震えた。

ブレイデンはわたしの中でリラックスしていた。首にかかる息が熱い。わたしの柔らかい筋肉は熱を帯びてぬるぬるしていた。ブレイデンの太腿の上に太腿を上げて休む。二人とも、かいたばかりの汗とセックスの匂いがした。彼のコックを包んでいるわたしの部分はまだぴくぴくしている。

ワオ。

これまでで。最高の。セックス。

ブレイデンはわたしの首筋にキスして顔を上げた。セックス後の満足感で表情が和らいでいる。「ジョスリン」彼は囁き、濃厚なキスをゆっくりとした。それから身を引き、慎重にペニスを引き抜くと、横向きに寝た。わたしのお腹を優しく撫でながら。

じっとブレイデンを見つめた。いろんなことが頭に浮かんでくる。

彼にとっても天地が震えるほどの経験だったの？　激しく絶頂に達したみたいだったから、そうだといいけれど。

そして、今はどうしたというの？　なぜ、わたしを見つめて横たわっているだけなのよ？

天井に目を向けた。ブレイデンの目に浮かんだ穏やかな表情に落ち着かない思いだった。「あの……ありがとう」

マットレスが揺れたのを感じ、枕の上で振り向くと、ブレイデンがこちらを見て笑っている。

「何よ？」

ブレイデンは首を横に振った。なぜかはわからないけれど、わたしのことを面白がっているのは明らかだ。彼は身を乗り出し、口にまたキスをした。「どういたしまして」にやりと笑い、親指でわたしの下唇を撫でる。「それから、ありがとう。めちゃくちゃ素晴らしいセックスだったよ、ベイブ」

わたしは吹き出した。安堵感のせいで。興奮のせいで。そして信じられないという思いのせいで。

たった今、セックスをした。驚くべきセックスを。ブレイデン・カーマイケルと。そして時々はまたセックスするに違いない。わたしもそれを望んでいる。

でも、わたしの思い通りにやるのだ。「体を洗ってくるわ」ベッドから出たけれど、全裸でも平気だった。わたしの体形が気に入ってることをブレイデンは間違いなくはっきりさせたのだから。バスルームへ向かって無造作に廊下を歩きながら、ブレイデンが〝体を洗ってくるわ〟の本当の意味をくみ取ってくれることを期待した。わたしが寝室へ戻る頃には、服を着て帰る用意をしているといい。

けれども、バスルームから戻ると、ブレイデンは相変わらずベッドに横たわって待っていた。

さっと両手を腰に当て、眉をしかめた。「何してるの？　服を着たらどう？」

彼は嘲るような微笑を向けた。「今のきみがどんなにセクシーか、知ってるかい？」

わたしはあきれて目をくるりと回した。「ブレイデン」

警告の響きを聞き取り、彼は微笑を引っ込めて起き上がった。「まだ帰るつもりはない」

「でも、帰るんでしょう？」

ブレイデンは返事をしなかった。手を伸ばしてわたしの手を取り、ベッドの中へ引っ張り込む。忌々しいことに、力が強い。

「ブレイデン」ぶつぶつ文句を言った。いつの間にか横向きに寝かされ、両手を体に回されている。

彼はわたしの額にキスした。「いい匂いがする」

え、何なの？

まつ毛の下から見上げ、ブレイデンが目を閉じていることに気づいた。

まさか、本気？　一緒に眠るつもり？

わたしはもがいてブレイデンの腕の中から抜け出し、寝返りを打った。体を揺すって背を向けることで、ほのめかしに気づいてくれないかと願った。そんな幸運には恵まれなかった。たちまち逞しい腕をウエストに回されてお腹に手のひらをぴたりとつけられると、わたしの体はシーツの上を滑って後ろに引かれ、ブレイデンの体にぶつかった。回された腕に力がこもり、背に当たるブレイデンの体の前側が熱い。震えが出るほど優しく、彼の唇が肩に触れるのを感じた。「おやすみ、ベイブ」

あっけにとられて、わたしはしばらく無言で横たわっていた。

こんな風になるはずじゃなかった。まったく予想外。こんなの、〝わたしたちはただのセックス・パートナーよ！〟なんてとても呼べない。

そして、いい気持ちだった。

それに、怖い。

「わたしたちは……くっつき合って眠る《スプーニングする》の？」大声で尋ねた。口調に辛辣な響きを込めようとしたけれど、失敗した。

首筋にブレイデンの息がふっとかかる。「眠るんだ、ベイブ」

そんな……ウソでしょ！

逃げたがっているのを感じたかのように、ブレイデンはさらにきつく自分の方に引き寄せた。わたしの両脚の間に彼の片脚を入れ、もう一方の脚をわたしの脚の一本に絡みつける。「眠れ、と言ってるんだ」

なんていばり屋の嫌な奴なの。

「わたしたちの取り決めにスプーニングは入ってないわ」

ブレイデンは無視した。一、二分の沈黙の後、彼の息遣いが安定したことに気づいた。本当に眠っている！　もぞもぞ動こうとしたけれど、ブレイデンの筋肉が警告するように収縮しただけだった。無理やり逃げるだけの力はわたしになかった。

だからじっと横になって待っていた。

驚くほど完璧だったセックスのせいで疲れ切ってたし、眠るのは天国のように思えた。でも、ブレイデンの腕の中では眠るまいと、固く決心していた。そんなことはなんだかちょっと……恋愛関係にある二人みたいだもの。

無理やり目を覚ましていようとしながら、三十分はブレイデンの腕の中に横たわっていたけれど、とうとう彼の体がすっかりリラックスしたのを感じた。ニンジャみたいに動くという離れ業をやってのければ、呼吸が荒くなるかもしれない。だから唇を噛んでこらえ、できるだけそっと彼の片腕を持ち上げ、脚の下から自分の脚を引き抜いた。

わたしは凍りついた。

ブレイデンの息遣いが変わったように思える。

注意深く耳を傾け、穏やかな呼吸が聞こえてほっとした。

密かに、音を立てないようにして彼から離れ、ベッドの端近くでためらいながら、そろりそろりと両脚を床に降ろしていった。お尻がベッドから離れたと思ったとたん、強い力で後ろに引っ張られ、くぐもった悲鳴をあげながらマットレスの上で跳ねた。

心臓がバクバクいっている。ブレイデンは敏捷《びんしょう》に動きながら巧みにわたしの位置を変えた。たちまちわたしはブレイデンの下になり、両手首を頭上に押さえ込まれ、彼に跨《また》がられてしまった。

彼はうれしそうではなかった。「眠ったらどうなんだ？」

睨みつけてやった。「わたしのベッドであなたと眠るのはまっぴら。こんなことは約束に入ってない」

「一つ目。ベッドはぼくが買った。二つ目。ただ眠るだけだよ、ジョスリン」

ベッドの点には触れなかった。事実だったから。「違うわ。これはスプーニングよ。単なるセックスだって、あなたは言ったでしょう。スプーニングの予定は入ってない。わたしたちはファックして楽しみ、あなたは家に帰る。それが取り決めよ」

ブレイデンはしばらくしげしげとこちらを観察し、頭を下げてわたしの唇すれすれに唇を近づけた。「ぼくたちはファックして楽しみ、二人でスプーニングする。ぼくは帰らない。時々、真夜中に目が覚めて、ファックしたくなることがあるからだ。そしてどういうわけか、ファックしたい相手はきみなんだ。さあ、あと一度しか言わないからな。眠れ」

ブレイデンはわたしを横向きにし、後ろから抱き締めた。

スプーニング。

歯を食いしばった。「もし、あなたに思い通りにされたくなくて、わたしが起きなかったらどうするの？」

ブレイデンは顔をわたしの首に押しつけた。ほほえんでいるのが感じ取れる。彼はキスして身を引いた。「目を覚まさせるためにぼくがどんなことをするつもりか、あらかじめ教えるはずないだろう？」

そしてわたしはまた仰向けにされ、体の上から下へとブレイデンのキスを受けていった。どれほど敏感になっているかを察し、彼は胸のところで止まり、片手で乳首を弄《もてあそ》びながら、もう一方の乳首を吸った。わたしは体に火をつけられて、ため息をついた。言い争いはすっかり忘れてしまった。またしてもすぐに濡れてしまって、腰を動かさずにいられない。ブレイデンもそれをわかっていた。彼は胸から顔を上げ、谷間にキスすると、見えない線を口で体に描いていく。おへそを舌でつんと突つき、さらに下へ。下腹部の柔らかで震えている部分には触れずに。

　彼はわたしの両脚を押し開き、そこに口を押し当てた。舌で愛撫され、クリトリスを刺激されて、泣き声をあげた。指の愛撫が加わった頃には喘いでいた。ブレイデンの髪に両手を差し入れ、ぐいっと強く引き寄せる。ブレイデンはわたしをクライマックスに駆り立てていた。巧みに舐め回され、指でいたぶられ、頭がおかしくなりそう。

「ブレイデン」指を引き抜かれ、呻き声をあげた。もういきそうだった。いい、いきたくてたまらない……。

　するとブレイデンの指がまた中に差し込まれた。出たり入ったり、出たり入ったり。彼の舌が魔法のような愛撫をクリトリスに与える。

「ブレイデン！」わたしは爆発した。ブレイデンは絶頂感を極限まで引き出そうとしている。なおも快感が脈打つように広がり、全身がわなないた。ブレイデンは這い上がってわたしの隣に横たわった。

　オーケイ、今のはこの世のものとは思えないほど素晴らしかった。さっきのセックスと同様に。

　喘ぎながら、ぼうっとしたまま天井を見つめていると、ブレイデンがまた覆い被さってきた。無言だったけれど、屈み込んでキスをしてきた。口に差し入れられた舌の味はわたし自身の味わいだった。何もかもぼくのものだと告げる強烈なキス。

ブレイデンは自分の言い分を認めさせたのだ。

再びブレイデンの腕に抱かれたことに気づいても、力の萎えたわたしの手足は抵抗しなかった。

スプーニング。

「おやすみ、ベイブ」彼の声が耳に響く。

「おやすみなさい」わたしは呟き、まぶたをぴくぴくさせて目を閉じた。

そのとたん、闇が訪れた。

（下巻へつづく）

セクシーな極上スイーツの時間。

VELVET

ベルベット文庫

絶賛発売中

『ご主人様はダーク・エンジェル』上下巻

ベス・ケリー　杉田七重＝訳

美大院生のフランチェスカは有名企業の絵のコンペに勝ち、若くハンサムなＣＥＯイアンと出会う。彼女は昔、そうとは知らずに彼の姿を絵に描いていた。運命を感じたフランチェスカは彼の望む「お仕置き」を受けようと決意し、未知の悦びに目覚めてゆく……。米電子版で40万以上のＤＬ数を記録、世界10か国で翻訳中の話題作！

ベルベット文庫

ダブリン・ストリートの恋人《こいびと》たち　上《じょう》

2013年10月25日　第1刷

著　者　サマンサ・ヤング
訳　者　金《かな》井《い》真《ま》弓《ゆみ》
発行者　礒田憲治
発行所　株式会社 集英社クリエイティブ
東京都千代田区神田神保町 2-23-1　〒101-0051
電話 03-3239-3811
発売所　株式会社 集英社
東京都千代田区一ツ橋 2-5-10　〒101-8050
電話 03-3230-6393（販売）
03-3230-6080（読者係）
印　刷　大日本印刷株式会社
製　本　大日本印刷株式会社

ロゴマーク・フォーマットデザイン　大路浩実

ISBN978-4-420-32012-2 C0197